Jens Münchberger

Der Besuch

Eine Sommergeschichte
auf Rügen und anderswo

Verlag Book on Demand Norderstedt

Jens Münchberger

Der Besuch

**Eine Sommergeschichte
auf Rügen und anderswo**

Die Handlung und alle Personen sind frei erfunden.
Ähnlichkeiten mit der Realität sind zufällig,
manchmal jedoch beabsichtigt.

Der Verfasser

Bibliografische Information der Deutschen
Nationalbibliothek:

Die Deutsche Nationalbibliothek verzeichnet diese
Publikation in der Deutschen Nationalbibliografie.
Detaillierte bibliografische Daten sind im Internet unter
http://dnb.dnb.de zu erfahren.

Erste Auflage 2018

Einbandgestaltung: BoD GmbH unter Verwendung
                   eines Fotos des Autors

Herstellung und Verlag:
BoD – Book on Demand, Norderstedt

ISBN: 978 – 3 – 752822 - 64 - 9

www.bod.de

Ach, Anna...

1

Die Galerie war im Erdgeschoss eines Stadthauses in der Schmalen Straße, auf der man, über eine Brücke kommend, in das Zentrum der Stadt gelangte.

Am Ende der Straße befand sich ein kleines, gut geführtes Hotel, benannt nach dem Gründer der Stadt. Der war einer der bedeutenden Herzöge des Landes am Beginn des 17. Jahrhundert gewesen.

Beiderseits der engen Straßen der Stadt, schachbrettartig zwischen vier kleineren Wasserläufen angelegt, waren die Häuser häufig so gebaut, dass sich an der hinteren Seite der mit einer Mauer umgebene Garten befand.

An diesen grenzte dann wiederum der Garten eines Stadthauses, dessen Frontseite erneut von einer Straße betrachtet werden konnte.

In zwei Räumen der Galerie waren die Arbeiten des Malers Hans Meierhof ausgestellt. Und in einem dritten waren wechselnde Ausstellungen mit Bildern anderer Maler und Grafiker zu betrachten. Von diesem Raum führte eine Tür in den Garten, der allseitig von den bereits erwähnten Mauern umgeben war.

Diese weiß gestrichene Mauern waren in diesem Garten der neutrale Hintergrund zu den davor in unterschiedlichen Farben wachsenden Stockrosen, dem blauen und dunkelroten Rittersporn und den in Balkonkästen, die an der Mauer befestigt waren, blühenden Geranien und Petunien. Über eine mit Pflastersteinen befestigte Fläche, so wie sie einst für den Straßenbau verwendet wurden, unmittelbar vor der Terrassentür, war ein Sonnensegel gespannt. Darunter standen ein Tisch und mehrere Holzstühle im Schatten. Der Garten war ein wenig verwildert und gerade deshalb interessant.

Hanna Balow, ihr gehörten das Haus und die Galerie, saß an dem Holztisch unter dem Sonnensegel und erledigte Schreibarbeiten, als eine junge Frau in das Haus trat.
Groß und schlank, die hellblonden Haare im Nacken streng zusammen gebunden, stand sie in der Tür. Dann stellte sie ihren Rucksack und ihre weißen Segeltuchschuhe neben die Tür.
„Bitte lassen Sie doch Ihre Schuhe an!", sagte Hanna Balow, sie hatte die Besucherin bemerkt.
„Ich möchte den Holzfußboden spüren", sagte die junge Frau.
„Nun, dann kommen Sie 'rein!" Die junge Frau betrachtete sehr lange die farbgewaltigen Aquarelle, die Ölbilder und Grafiken an den

Wänden der Räume, die den Arbeiten des Hans Meierhof vorbehalten waren.

Hanna Balow konnte sie von ihrem Platz unter dem Sonnensegel auf der Terrasse beobachten, die junge Besucherin trat häufig einige Schritte zurück und verglich das eine Bild mit dem anderen. Dann begann sie die Betrachtung von neuem und verglich und prüfte. Hanna Balow bemerkte, dass sie sich besonders lange ein Aquarell, den „Blühenden Queller", anschaute.

„Dieses Aquarell gefällt Ihnen sehr?", fragte Hanna Balow.

„Ja! Sagen Sie mir bitte, wer hat die Bilder gemalt?"

„Das sind Arbeiten von Hans Meierhof."

„Darf ich Sie etwas fragen?", wollte die junge Frau wissen.

„Bitte, fragen Sie!"

„Ist es möglich, den Mann kennen zu lernen?"

„Das kann ich nicht entscheiden. Ich beaufsichtige nur die Bilder in dieser Ausstellung."

„Aber, Sie können mir doch sicher sagen, wo Herr Meierhof wohnt. Und, bestimmt besitzt er auch ein Telefon? Und Sie haben die Nummer, die Sie mir vielleicht geben könnten?"

„Junge Frau, es geht mich ja eigentlich nichts an. Doch gestatten Sie mir eine Frage!"

„Gern!"

„Weshalb möchten Sie wissen, wo Herr Meierhof wohnt und warum wollen Sie ihn besuchen?"

„Das hat private Gründe…"

„Ach so, private Gründe. Wissen Sie, wir machen das so! Ich rufe jetzt gleich an und will hoffen, er ist zu Hause. Noch mehr will ich hoffen, er nimmt den Anruf entgegen. Ich werde fragen, ob er Zeit für Sie hat!", sagte Hanna Balow.

„Meinen Sie, es gibt keine andere Möglichkeit?"

„Ja, das meine ich. Herr Meierhof hat mich eindringlich gebeten dafür zu sorgen, sein Atelier bleibt das Tabu, was es für ihn immer gewesen ist."

„Ja, ich verstehe…", und nach einigen Augenblicken fügte die junge Frau hinzu:

„Allerdings, wenn Sie fragen könnten, ob ich ihn nicht doch vielleicht besuchen kann?"

„Da habe ich aber noch eine Frage!"

„Ja, bitte, fragen Sie mich!"

„Nun, was soll ich Herrn Meierhof sagen, fragt er mich danach, wer ihn besuchen möchte. Hier standen schon, ach, wer weiß, wie viele Leute, die vorgaben, ihn privat treffen zu müssen…"

„Das verstehe ich. Bestellen Sie ihm bitte Grüße von Anna. Sagt er dann meinem Besuch nicht zu, ist es auch gut so. Darf ich morgen, am Vormittag wieder zu Ihnen in die Galerie kommen?"

„Nein, besser wird es sein, Sie kommen um die gleiche Zeit wie heute. Herr Meierhof, das weiß ich, geht grundsätzlich am Vormittag nicht ans Telefon. Da ist er nämlich bei seinen Bildern."

*

Der Maler Hans Meierhof wohnte in einem alten, mit Reet gedeckten Haus. Dessen Fenster und Türen waren blau gestrichen. Immer dann, wenn die Sonne schien, leuchteten Fenster und Türen. Das Haus und das Grundstück waren von einer hohen Hecke umgeben.

„Dahinter kann ich mich verstecken", sagte der Maler Hans Meierhof, der eigentlich Johannes Meierhofer hieß.
Irgendwann hatte er einen Rat befolgt und beschlossen, zumindest für alle diejenigen, die ihn nicht oder nicht näher kannten, nur noch Hans Meierhof zu sein.
Der Maler Hans Meierhof wohnte allein in dem alten Haus. Was aber keinesfalls bedeutet, das er einsam war. An manchen Abenden begrüßte er in seinem Haus mehr Besucher als andere Leute während eines ganzen Jahres.

Er lebte nach einem von ihm genau geplanten Tagesablauf. Nur für ihn bedeutende Ereignisse konnten ihn dazu verführen, diesem selbst verordneten Rhythmus zu entsagen. Sehr wichtig, sogar außerordentlich wichtig, war ihm ein Bad am Morgen und das sich daran anschließende Frühstück. Er nannte das die Besinnung auf den Tag. Danach ging er in sein Atelier, um zu arbeiten, malen, drucken oder auch zeichnen. Entwürfe, Skizzen, Ideen, alles wurde aufgezeichnet und sorgfältig, beinahe liebevoll, gesammelt und archiviert. So wie bereits bekannt, waren ihm diese Stunden so wichtig, dass er während dieser Zeit jede Störung ablehnte. Nicht das Klingeln an der Tür oder das Läuten des Telefon waren für ihn so bedeutend, sich durch diese Geräusche ablenken zu lassen. Doch dann, am späteren Nachmittag, nachdem er, im Sommer bei schönem Wetter im Garten und im Winter auf dem Sofa in seinem Atelier, den Mittagsschlaf erlebt hatte, öffnete er sein Haus für alle diejenigen, die er und die ihn erleben wollten. Es ist bekannt, oft war im Haus des Malers Hans Meierhof noch dann Licht zu beobachten, wenn Frühaufsteher begannen, den Mühen des Tages zu begegnen. Nun mag der hier, wenn auch nur andeutungsweise, geschilderte Tagesablauf des Malers Meierhof für den unaufmerksamen Beobachter ganz dem Müßiggang zugeordnet sein:

„Alle sehen, wenn ich am Mittwoch in der Sonne liege, aber keiner sieht, wenn ich am Sonntag arbeite!", kommentierte Hans Meierhof die Worte der Neidenden seines Lebensstils.

Der Maler Meierhof war ein fleißiger und konzentrierter Arbeiter. Die alltägliche Arbeit zu vormittäglicher Zeit, zwischen zehn und vierzehn Uhr, war in höchstem Maße schöpferische Tätigkeit.

Das Skizzenbuch war zudem ständiger Begleiter auf seinen Wegen. Ganz gleich, wohin diese ihn führten. Und das Skizzieren der verschiedensten Motive, die, manchmal sofort, oft auch erst nach Jahren, in seinen Bildern verewigt wurden, konnte er durchaus als Arbeit bezeichnen.

Das Rahmen der Bilder, der Auf- und auch der Abbau einer Ausstellung, alles das war Arbeit.

Künstler sind bekanntermaßen sehr dünnhäutig, so auch der Maler Hans Meierhof. Dennoch war es ihm gelungen, diese dünne Haut mit einem, wie er es sagte, Fell zu bedecken. Das machte ihn gegen die spöttischen Meinungen und Bemerkungen seiner Missgönner einigermaßen unempfindlich. „Lass sie doch reden…"

So lebte Hans Meierhof sein Leben in dem alten Haus und war zufrieden, aber keineswegs selbstzufrieden.

Auch wenn er allein, aber nicht einsam, dort wohnte. Wenn er allein, aber nicht der Welt entrückt, dort arbeitete und Bilder malte, Grafiken druckte und neuerdings, seit zwei oder drei Jahren, aus seit vielen Jahren abgelagerten Holzstämmen Figuren schnitzte. Oder das Holz gar mit der Kettensäge bearbeitete.

Es war ihm gelungen, die Irrungen und Wirrungen der menschlichen Gesellschaft zu erkennen und diese Erkenntnisse in seinen Bildern und Skulpturen sehr genau abzubilden. Am Nachmittag eines sehr schönen, weil warmen Spätsommertages, Hans Meierhof saß auf der Terrasse seines Hauses, da klingelte das Telefon.

„Weißt du, Hans, gestern war eine junge Frau in der Galerie…"

„Ja, das ist doch schön, wenn auch junge Menschen den Weg in deine Galerie finden!", unterbrach er die Anruferin, es war Hanna Balow.

„Ja, ja! Das ist gut so. Doch deshalb, nur um dir das mitzuteilen, rufe ich dich nicht an."

„Warum dann?"

„Die junge Besucherin möchte dich treffen."

„Nein, bitte, nicht schon wieder jemand, der

16

mit einer Arbeitsmappe zu mir kommen möchte, um zu erfahren, ob er nun Künstler werden soll oder nicht."

„Nein Hans, das war nicht so!"

„Sondern?"

„Nun gut. Die junge Frau sagte mir, ich möge in ihrem Auftrag Grüße von Anna bestellen. Du wüsstest dann Bescheid."

„Das hat sie gesagt?"

„Ja!"

„Und mehr nicht?"

„Nein."

„Will sie noch einmal wiederkommen?"

„Ja, heute."

„Dann sage ihr, bitte, ich erwarte sie. Heute ist mir das nicht recht, aber morgen, am Freitag, du weißt, am späten Nachmittag…"

„Ich werde es ihr so ausrichten."

Hans Meierhof legte das Telefon auf den Tisch. Dann füllte er in der Küche roten Wein in ein Glas, ging auf die Terrasse zurück und setzte sich auf einen Stuhl. Nachdem er von dem Wein getrunken hatte, sagte er, sehr leise:

„Ach, Anna."

„Nein, nein", sagte er dann sehr leise und blickte in den Garten, „das kann Anna nicht sein. Anna ist heute zwar einige, wenn auch nur wenige, Jahre jünger als ich. Jedoch kaum mehr eine junge Frau. Ja nun, im Vergleich zu Hanna,

17

die sich um den Verkauf meiner Bilder in der Galerie kümmert, schon…"

In seinem Atelier bewahrte er in einem Karton aus dicker Pappe Briefe und Fotografien auf. Diesen Karton hatte er seit Jahren nicht mehr geöffnet. Er war ein Teil seines Lebens und seiner erlebten Vergangenheit.
Einen ganz bestimmten Brief suchte er jetzt und war davon überzeugt, diesen hier im Karton zu finden. Der Brief konnte nur hier sein!
Nachdem Hans in seinem Atelier den Karton aus dicker Pappe gefunden hatte, öffnete er ihn und begann, nach diesem einen Brief zu suchen. Den letzten, den er damals vor vielen Jahren von Anna erhalten hatte.
Er fand den Brief und ging wieder auf die Terrasse. Behutsam öffnete er den Umschlag und begann zu lesen:

Du Lieber,
wann habe ich Dich das letzte Mal gesehen, mit Dir gesprochen, Deine Hände berührt? Sind schon wieder Wochen, Monate, mehr als ein Jahr vergangen, seitdem wir auf der Insel waren? Nur sehr schwer kann ich erfassen, dass die Zeit, dieser gnadenlose Beobachter unseres Daseins auf der schönen Erde, diese Wochen und Monate, die ich Dich nicht wenigstens in meiner

Nähe wusste, aufgesogen hat. Geht es Dir gut oder hast Du Sorgen?

Was machst Du jetzt? Wäre es gut, in Deiner Nähe zu sein? Wir haben so vieles falsch gemacht und versucht, so wenig richtig zu machen. Wir haben so vieles besprochen und über so vieles geschwiegen. Wir hätten so vieles anders machen können und haben es nicht getan...

„manchmal ist eine liebe erfroren über nacht manchmal will man hin zur sonne und stürzt ab manchmal steht man ganz allein da ringsum ist eis, alles dreht sich nur im kreis...“

Dieses Lied, „Am Abend mancher Tage“ hörte ich soeben.

Und ich habe Dir einige Zeilen von dem Text aufgeschrieben. So bin ich, wenigstens in Gedanken, bei Dir.

Ich friere, obwohl es im Sommer ist.

Wie lange wird mir kalt sein?

Und, kann ich dieser Kälte widerstehen? Auf dem Foto, das ist Hilke. Unsere Tochter, was aber nur ich bestimmt weiß. Und Dich nun in dieses Geheimnis eingeweiht habe.

Lass es unser Geheimnis bleiben, nur Deines und meines, bitte!

Dieses Rügenkind...

Hilke, Du sagtest mir, diesen Namen solle 'mal deine Tochter tragen...

Nun ist es soweit...

Hans Meierhof wusste, er besaß die zweite Seite dieses Briefes nicht mehr. Es war ihm nur das soeben Gelesene geblieben...

Sehr lange betrachtete er ein Foto, das sich, außer dem beschriebenen Blatt Papier, in dem Umschlag befand. Eine junge Frau und ein etwa einjähriges Kind waren abgebildet und beide lächelten in die Kamera und auf das Bild...

Hans Meierhof setzte sich wieder in den Sessel auf der Terrasse und lehnte sich zurück.

An solch' einem Abend wie diesem war er ein glücklicher Mensch. So meinte er. Er konnte sich ausschließlich mit den Dingen auseinander setzen, die für ihn, jedenfalls immer zum gegebenen Zeitpunkt, wichtig waren. Er konnte ganz allein entscheiden, was zu tun und zu lassen war, ohne einen anderen Menschen danach zu fragen, ob das richtig oder falsch ist. Gerade jetzt, in dieser Stunde.

Dennoch war Hans Meierhof kein Egoist, die häufigen Besuche in seinem Haus legten davon Zeugnis ab.

Aber genauso wie er beinahe dankbar dafür war, dieses Leben nach seinen Vorstellungen gestalten zu können, ereilte ihn, allerdings selten, ein Seelenzustand, den er als „Einsamkeitssyndrom" bezeichnete.

Das war dann die genau entgegengesetzte Gemütsverfassung, in der er sich heute befand. Dann meinte er, sein Haus sei zu klein, zu eng und es müsse irgendetwas, egal was, geschehen, das ihn aus seiner Einsamkeit befreit.

Meist saß er an solchen Tagen in seinem Atelier oder im Sommer häufig auf der Terrasse und tat nichts und dachte nichts.

Früher war er an dem Abend dieser Tage in irgendeine Kneipe gegangen, nur um nicht allein zu sein.

Doch er hatte bald festgestellt, dort stand kein Korb, in den er sein Einsamkeitssyndrom legen konnte.

Hans Meierhof war vor einiger Zeit zu der Einsicht gelangt, diese Möglichkeit, der Einsamkeit zu entfliehen, war nur trügerisch. Denn, wenn er dann in sein Haus zurückkehrte, hatte sich nichts von dem, was ihn außer Haus getrieben hatte, in Luft aufgelöst.

Im Gegenteil! Das wartete, vielleicht in irgendeiner Ecke seines Hauses, nur auf seine Rückkehr.

So, beschloss Hans Meierhof, er könne auch zu Hause bleiben, um dieses „DAS" möglichst schnell aus dem Haus zu bekommen.

Diese Gemütsstimmungen hatten sich in den vergangenen Wochen und Monaten nicht mehr in sein Leben begeben.

Nun saß Hans Meierhof auf der Terrasse, den im Karton gefundenen Brief in der Hand und versuchte, sich an eine Zeit zu erinnern, die sehr lange zurück lag.

An die Zeit an der Kunstakademie. Daran, wie und wo er Anna kennenlernte, was sie gemeinsam erlebt und erfahren hatten.

An den Sommer auf der Insel und die Jahre zwischen damals und heute, da er hier, auf der Terrasse seines Hauses saß.

„Wie war die erste Begegnung mit Anna?", fragte er sich sehr leise und versuchte, sich zu erinnern…

Er sah in den Garten, der sein Haus umgab. Er

wollte sich erinnern…

„Die Jahre sind schnell vergangen. Wo ist die Zeit geblieben? Das wird erst dann, beinahe schmerzhaft bewusst, gibt der Kalender am 31. Dezember das letzte Blatt her. Oder an solchen Tagen wie heute. Das Vergehen des erlebten Tages wird oft nicht so unmittelbar bemerkt, viel zu schnelllebig ist die Zeit. Im Gegenteil, oft wünscht man sich, der Tag gehe zur Neige…", sagte er, wieder sehr leise.
Und nach einigen Momenten sprach er weiter:

„Die erste Begegnung mit Anna muss nach dem Ende des dritten Studienjahres, nach dem Grundstudium, gewesen sein... Oder war es zum Beginn des Vierten..? In dem Sommer bin ich dann noch für einige Tage nach Rügen gefahren... nach diesem Praktikum... und dann war ich noch für kurze Zeit, zwei oder drei Tage, bei den Alten… Da war dieser heftige Streit wegen Belanglosigkeiten… Schlimm, dass sein Vater auch immer streiten musste!"

„… ich fahr' an die Küste…
zu Muttern, den Möwen und dem Wind"

Die Textzeile dieses Liedes klang in ihm...

„Wann war diese Reise nach Rügen? Damals, als Anna ihn auf der Insel besuchte. Das muss

23

während seines dritten oder vierten Aufenthalts gewesen sein. Wie viele Jahre waren seitdem vergangen? Gute und weniger gute Jahre, Sommer und Winter, Erlebnisse und Ereignisse. Und dann der lange Sommer auf Rügen, der scheinbar nie zu Ende gehen wollte... Die Zeit nach dem Studium, die endlosen Debatten und Diskussionen um und über seine Bilder...", flüsterte er nahezu lautlos.

*

„Herr Meierhofer", so vernahm er noch den, wer weiß von wem, Berufenen in der Kulturkommission sagen, „Sie sollten verstehen und begreifen, der arbeitende Mensch muss den Mittelpunkt des Schaffens eines jeden unserer Künstler darstellen. Das entspricht dem uns gemäßen Kunstverständnis...", hörte er noch jetzt, auf der Terrasse seines Hauses und viele Jahre später den Kulturfunktionär orakeln und dann weiter:

„Sie und Ihre Kollegen sind verpflichtet, in jeder Weise die Arbeiter und Bauern, ebenfalls die Angehörigen der Intelligenz, bei ihrem täglichen Ringen um den Aufbau unserer Gesellschaft zu würdigen. Das erwarten wir und fordern es deshalb!"

Hans Meierhof konnte sich noch sehr gut an diesen Nachmittag, als ihm das gesagt wurde, erinnern. Es war damals durchaus üblich, dass Aufträge an Künstler von Parteien und Organisationen erteilt wurden. Vor der Veröffentlichung der Werke befand eine Kommission des jeweiligen Auftraggebers über künstlerischen Wert und Inhalt.

Diese Veranstaltungen konnten mit dem sprichwörtlichen „Spießrutenlauf" verglichen werden. Oft hatten künstlerisch inkompetente Menschen etwas zu begutachten, wovon sie keine Ahnung hatten. Häufig als Funktionäre in den Parteien und Organisationen tätig, war es ihre Aufgabe, zu überprüfen, ob die „Arbeiterklasse und ihre marxistisch-leninistische Kampfpartei" auch genügend gewürdigt wurde. Um dann zu verkünden:

„Denken Sie daran, junger Mann", sagte der Kulturfunktionär ihm damals sehr direkt, „denken Sie immer daran, unsere Gesellschaft hat Ihnen dieses Studium ermöglicht und wir werden deshalb auch verlangen, dass Sie Ihre erworbenen Kenntnisse zum Wohle dieser Gesellschaft anwenden. Und, vergessen Sie erstens nicht, jeder Künstler hat einen kulturpolitischen Auftrag zu erfüllen! Und vergessen Sie zweitens nicht, wir behalten uns im Zweifelsfalle auch vor, die Arbeiten und die

Schaffensweise jedes Künstlers zu überprüfen. Ebenso wie dessen, hoffentlich einwandfreie, moralische Lebensführung! Sie und Ihre Kollegen sind die Beauftragten der Arbeiterklasse und haben die Pflicht, deren Kunst- und Kulturauffassungen zu vertreten und zu festigen und damit Ihren Beitrag zum Klassenkampf zu leisten. Das erwarten wir! Und es ist unser Recht, das zu erwarten!"

Hans Meierhof hatte diese Worte nie vergessen. Im Gegenteil! Sie hatten sich in sein Gedächtnis eingegraben. Ja, sogar eingebrannt.

Er konnte noch heute die Ausführungen dieses Funktionärs wörtlich wiedergeben. „Wir nehmen Ihr Bild ,Landschaft mit Sonnenblumen' an, weil wir der Meinung sind, Sie wollen uns die Schönheit unserer sozialistischen Heimat nahe bringen. Aber, junger Mann, denken Sie daran, ich sage es noch einmal, wir erwarten die arbeitenden Menschen im Mittelpunkt des Schaffens eines jeden Künstlers!", erklärte der Funktionär.
„Also Gnade vor Recht, damals!", sagte Hans Meierhof, als er noch Johannes Meierhofer die Bilder signierte.

Dann las er, einige Jahre später und eher zufällig, eine Notiz über den österreichischen Philosophen, Schriftsteller und Kunstkritiker

Ernst Fischer. Wegen seiner marxistisch orientierten Lebenseinstellung forderte er den Einfluss der Kunst auf die Wirklichkeit. Fischer war Mitglied der Kommunistischen Partei Österreichs.

Diese Ansichten des Herrn Fischer waren sodann für Hans Meierhof die Erklärung für den politischen Inhalt dessen, was ihm, einige wenige Jahre nach Beendigung seiner künstlerischen Ausbildung, der Kulturfunktionär gesagt hatte. Nun dachte er damals, als er diese These gelesen hatte, ist für mich zu erklären, warum dieser Parteifunktionär sich zu jener Zeit nicht anders mitteilen konnte. Der Anspruch dieser ehemals so genannten führenden Kraft der Gesellschaft ging soweit, dass sie meinten, Jeden und Alles ihren Ideen unterwerfen und unterordnen zu müssen. Das wurde selbstverständlich auch den kleinen und mittleren Funktionären dementsprechend vermittelt.

Und die, um des eigenen Überlebens willen, die damals als Staatsdoktrin anerkannte führende Rolle der Partei bedenkenlos anpriesen.

Wider besseres Wissen haben diese Funktionäre das bestimmt nicht getan. Oftmals verfügten sie nicht über fachliche Bildung. So konnten sie über das, was sie verkündeten, auch keinerlei

Zweifel anmelden. Und sei es nur in der Badewanne am Morgen.

Johannes Meierhofer, wie er sich damals noch nannte, konnte also zufrieden damit sein, dass nach Begutachtung, und sich daran anschließender wohlwollender Zustimmung zu seinem Bild ein nicht unerheblicher Betrag seinem Konto zugeführt und darauf verbucht worden ist. Er hatte das Bild der „Landschaft mit Sonnenblumen" in einem größeren Format gemalt.

Wohl wissend, die öffentlichen Auftraggeber damals, in dem kleinen Land, das von sich überzeugt war, das größte auf der Welt zu sein, bezahlten, entsprechend der geltenden damaligen Honorarrichtlinie, die bemalten Quadratmeter. Aber auch selbstverständlich die Popularität des Künstlers. Ein Quadratmeter, gestaltet von einem bekannten Maler, wurde höher dotiert als der von Johannes Meierhofer. Dem nun allerdings, durch Beachtung dieser Festlegungen, der bescheidene Lebensunterhalt für mindestens ein Jahr garantiert war.

Dann überlegte Hans Meierhof weiter, als er auf der Terrasse seines Hauses saß, dass dieser schlichte und übereifrige Kulturfunktionär damals dafür gesorgt hatte, ganz bestimmt war dem das keinesfalls bewusst, dass es dem damaligen Johannes Meierhofer durch den Verkauf des Sonnenblumenbildes möglich war, von dem erhaltenen Geld zu leben...

Und nach einigen Minuten fügte er in Gedanken hinzu, dass die Aquarelle und Grafiken, die ich nebenbei noch, de facto aus meinem Atelier heraus verkaufte, für wenig Geld das Exemplar, abzüglich einiger Abgaben an das auch in jenem Land existierende Finanzamt und ebenso für Vorsorgeaufwendungen, das bescheidene Einkommen ergänzten. Beschissen habe ich dennoch... Wer wollte kontrollieren, ob er zehn oder fünfzehn Arbeiten veräußerte? Aber beschissen haben alle, zumindest alle Kollegen, die ich kannte...

*

Anna hatte immer das Datum des Tages, an dem sie einen Brief schrieb, auch damals an Johannes Meierhofer, stets auf die letzte Zeile gesetzt. Neben ihren Namen, manchmal auch eine oder zwei Zeilen tiefer.

„Damit ist der Brief beendet, ich habe ihn bereits an den Adressaten übergeben. Nun ist es Sache der Post, meine Zeilen möglichst schnell und, was viel wichtiger ist, unversehrt zu befördern", hatte Anna ihm erklärt.

„Doch ‚post' bedeutet jedoch bekanntlich ‚nach'", ergänzte Anna damals nach einigen Augenblicken den vorher gesagten Satz.

Jedoch, die zweite Seite dieses für Hans Meierhof so sehr bedeutsamen Briefes konnte er nicht mehr zu finden. Also war es ihm auch nicht möglich zu erfahren, wann Anna diesen Brief geschrieben hatte. Er wusste nur, es musste etwa zwei Jahre, nachdem er sein Studium der Malerei abgeschlossen hatte, gewesen sein. Und, was für ihn sehr wichtig war, noch vor diesem Gespräch über sein Sonnenblumenbild.

„Also, sagte Hans Meierhof sehr leise, „ist Hilke jetzt etwa so alt wie Anna damals auf Rügen. So Mitte Zwanzig."

Hans Meierhof ging in die Küche, füllte nochmals roten Wein ins Glas und begab sich danach wieder auf die Terrasse hinter seinem Haus. Da, wo der Garten am schönsten war. Er faltete den Brief zusammen und steckte ihn mit dem Foto seiner Tochter in den Umschlag und flüsterte:

„Nun wird morgen eine junge Frau zu mir kommen und ich werde zum ersten Mal, nach wie vielen Jahren, meine Tochter Hilke sehen!"

*

Er erinnerte sich noch sehr genau an ein Gespräch mit Anna. Damals, als er ihr sagte, würde er einmal Vater einer Tochter werden, so wünsche er sich, diese Tochter wird dann Hilke genannt:

„Es ist ein sehr schöner Name der von dem alten germanischen Namen Hildegard stammt und soviel wie „die im Kampf beschützt" bedeutet. Es gab bedeutende Frauen mit diesem Vornamen. Ich denke nur an Hildegard von Bingen, die sich schon im Mittelalter nicht nur für die Rechte der Frauen einsetzte, sondern auch heute wird noch auf ihre Heilkunde zurückgegriffen. Und ich hoffe, wenn ich eines Tages Vater einer Tochter bin, die dann, ebenfalls und hoffentlich, Hilke genannt wird, dass diese Tochter auch eine Kämpferin ist!"

Anna sah Johannes sehr lange an. Sie stand auf und trat an das Fenster, von dem man auf die Lichter der Stadt sehen konnte. Ohne ein weiteres Wort zu sagen, verließ sie Johannes' Zimmer über den Dächern der Stadt...

Bevor Anna ging, sie hatte die Tür bereits geöffnet, sagte sie:

„Übrigens, am 17. September ist der Namenstag von Hildegard!" Johannes blickte auf den Kalender. Es war der 17. September!

Dieses Gespräch ereignete sich lange, bevor Anna zu Johannes nach Rügen reiste...

*

Nachdem Hans Meierhof Brief und Foto in den Umschlag gesteckt hatte, legte er beides wieder in den Karton. Er überlegte einen Moment, sich auch weitere Erinnerungen, die sich im Karton befanden, anzusehen. Nach Augenblicken, in denen er zwischen der Versuchung, die Reise in seine Vergangenheit um einige Episoden zu ergänzen und den Zweifeln an diesem Verlangen abwägte, entschied er sich dafür, die Pappschachtel zu schließen. Dann stellte er den Karton wieder an die Stelle, wo er ihn bereits seit Jahren in seinem Atelier aufbewahrte.

Die bürgerliche Dämmerung war bereits der nautischen Dämmerung gewichen, als Hans Meierhof wieder auf die Terrasse seines Hauses trat.
Er kuschelte sich in seine dicke Wolljacke und setzte sich so, dass er die sich jenseits seines Garten, in unendlich weiter Ferne, erfolgende endgültige Verabschiedung der Sonne vom heutigen Tag beobachten konnte.

2

Johannes und die Kommilitonen hatten während der Sommerwochen, zwischen dem Ende des dritten und dem Beginn des vierten Studienjahres, ein mehrere Wochen währendes Arbeitspraktikum in einem Betrieb verbracht.

Sie waren zuvor aufgefordert worden, die Szene weiter kennen zu lernen, für die sie dann später und hoffentlich erfolgreich, Bilder zu malen und Grafiken zu drucken hatten. Überhaupt künstlerisch tätig sein sollten.

Man erhoffte sich von diesen Exkursen „an die Basis", so der damalige Sprachgebrauch, ein noch intensiveres Verständnis für die Probleme und Ansichten der „Massen", wie die arbeitende Bevölkerung in der Amtssprache kleiner und großer, einflussreicher oder auch nur alles nachschwätzender Funktionäre genannt wurde.

Johannes Meierhofer waren diese Begriffe fremd, so fremd, dass er sie als herabwürdigend empfand. Sie erweckten in ihm das Gefühl, diese oft unter einfachen und schwersten Umständen arbeitenden Menschen wurden von einigen Wenigen für deren Propagandaparolen vorsätzlich benutzt...

Zum Glück war es ihm dann noch möglich, einige Tage nach Rügen zu fahren... Sie hatten in der Fabrik, beinahe ohne Pause, gezeichnet und mit Temperafarben auf kleinformatigem Papier gemalt.

Es war Johannes Meierhofer sehr bewusst geworden, es könnte ihm gelingen, ein Privileg zu nutzen. Nämlich, das einer, wenn auch begrenzten, Unabhängigkeit. Es würde ihm vergönnt sein, nicht am Morgen die Reihen übermüdeter Menschen zu ergänzen, die durch das Tor einer Fabrik gehen. Dann in dieser Fabrik mit schwerer Arbeit den Lebensunterhalt verdienen und sich dafür auch noch als Teil der „revolutionären Massen" bezeichnen und ausnutzen zu lassen. Er erarbeitete naturalistische Studien von Produktionsabläufen und den daran beteiligten Arbeitern.

An manchen Tagen ließ er sich Arbeitskleidung geben und stand mit den Arbeitern an den schweren Maschinen. Johannes musste die Tätigkeit dieser Menschen spüren und selbst erfahren. So hoffte er, die Bilder und Grafiken, welche er schaffen wollte nach dem Praktikum in diesem Werk, mit dem Erlebnis des Gefühls der unmittelbaren praktischen Tätigkeit an den Maschinen und Geräten verbinden zu können.

Er meinte, seine Arbeiten würden dann wahrhaftiger werden, weil er von einer Sache berichtet, an der er selbst teilgenommen hatte. Wenn auch nur kurzzeitig.

Johannes Meierhofer wollte die Menschen in dem Werk nicht als Helden der Arbeit, auch nicht als „Kämpfer für die Sache", wie so oft in der Propaganda gelobt, zeigen.

Es sollte ihm darauf ankommen, diese hart Arbeitenden so zu zeigen, wie sie sind: Inmitten einer staubigen und schmutzigen Werkhalle an veralteten und manchmal kaum notdürftig reparierten Maschinen.

Er wollte die ihm bekannt gewordenen Missstände und die beobachteten gesundheits- und umweltschädigenden Begleitumstände in diesem Werk, in dem er für einige Wochen Gast war, in seinen Bildern erkennbar werden lassen.

Dem späteren Betrachter seiner Bilder und Grafiken sollte die Ungehörigkeit der Arbeitsumstände in diesem Werk vermittelt werden.

*

Dann reiste Johannes nach Rügen. Er war für die Zeit, während der er im Werk an den Maschinen arbeitete, entlohnt worden. Dreihundert Mark hatte man ihm im Lohnbüro ausgezahlt. Gegen Quittung, selbstverständlich.

Dieser Betrag ermöglichte es ihm, während der künftigen und verbleibenden Wochen, bis zum Beginn des neuen Studienjahres, einen bescheidenen Urlaub auf der Insel zu verbringen.

Johannes Meierhofer hatte nach den Wochen des Praktikums in der schmutzigen und staubigen Fabrik das Verlangen, die klare und an den Abenden kühle Luft auf der Insel zu erleben.

Mit dem Zug der „Deutschen Reichsbahn" fuhr er bis nach Bergen, stellte sich an die Straße und hoffte, ein Auto würde anhalten und ihn an das gewählte Ziel bringen: nach Bobbin.

Bereits vor ihm nach Rügen Gereiste hatten berichtet, es gäbe in der Nähe dieses Dorfes eine Stelle, von der man, in nördliche Richtung blickend, über die Schaabe und das Kap Arkona hinweg auf die Weite der Ostsee blicken und gleichzeitig die Ufer des Großen Jasmunder Boddens und die der Tromper Wiek, einer Ostseebucht, sehen konnte.

Er erreichte das Dorf am frühen Abend und bereits vor Beginn der Fahrt hatte man ihm empfohlen, in der Dorfgaststätte nach einer einfachen und guten Übernachtungsmöglichkeit zu fragen.

36

In der Gaststätte saßen drei Besucher in Arbeitskleidung am Tresen unter einer Lampe, die gelbliches Licht verbreitete. Offenbar waren es Dorfbewohner.

Sein Gruß wurde mit einem stummen Nicken erwidert. Dann starrten die drei wieder nahezu bewegungslos in die halbvollen Biergläser.

Der Wirt, ein älterer und dickleibiger Mensch, der wohl, bis auf die wenigen Jahre, in denen er zur Schule gegangen war, sein gesamtes bisheriges Leben hinter dem Tresen der Gastwirtschaft verbracht hatte, schob ihm wortlos einen Zettel mit einer Adresse zu, als Johannes nach einem Quartier gefragt hatte.

„Essen können Sie bei mir. Abends Bratkartoffeln mit Brathering oder Schnitzel", sagte der dicke Wirt. Nach einigen Minuten ergänzte er:

„Mittags kann ich Ihnen eine Suppe warm machen. Meine Frau kocht immer nur abends, ab sechs. Und bis neun."

Dann bestellte Johannes ein Bier und hatte den Eindruck, der Wirt würde das besonders sorgfältig zapfen. Er stellte sich seitlich an den Tresen, in den kleinen Durchgang, der zum Gastraum führte. Während er die Arbeit des Wirtes beobachtete, sagte einer der Männer, ohne ihn anzusehen:

„Neu hier?"

„Nee.", erwiderte Johannes.

„Woher kommst du?", wurde er weiter gefragt.

„Aus Berlin."

„Hm."

Dann servierte der Wirt das Bier und Johannes trank das Glas, bis auf einen Rest, in einem Zug leer und meinte dann:

„Will ein paar Tage Urlaub machen. Muss auch sein."

„Was bist'n?", wollte einer der drei am Tresen wissen.

„Student."

„Ingenieur oder Bauer?"

„Malerei."

Plötzlich ging, wie verabredet, ein Ruck durch die drei Männer am Tresen. Sie starrten ihn an, bis einer meinte:

„Also 'n Künstler!"

„Werdender Künstler", antwortete Johannes.

Dann sagte einer der Drei vom Tresen zum Wirt:

„Peter, mach' noch 'ne Runde. Und für ihn", dabei auf Johannes zeigend, „auch einen."

Und zu Johannes meinte derjenige, der eben bestellt hatte:

„Trinkst doch einen mit uns?"

„Hm."

„Also vier. Oder fünf?"

„Na, gut", antwortete der Wirt, „weil du es bist, fünf."

Der Wirt nahm zwei Schnapsgläser aus dem Schrank, stellte eins vor Johannes und das andere vor sich. Dann kramte er aus dem Kühlschrank unter dem Tresen eine Flasche Korn, füllte die Schnapsgläser der Männer, die am Tresen saßen, dann das Glas von Johannes und am Schluss goss er in das Glas, was vor ihm stand. Sorgfältig verschraubte er die Flasche und legte sie wieder in den Kühlschrank unterm Tresen.

Dann sagte der, der die Runde bestellt hatte:

„Nun denn!"

Einem unhörbaren Kommando folgend und nahezu synchron mit seinem Nachbarn, führte jeder der drei am Tresen sitzenden Männer sein Glas zum Mund, warf den Kopf in den Nacken und ließ den Schnaps in die Kehle rinnen.

Laut „Ahh!" sagend stellten sie ihre Gläser wieder auf die Tresenplatte und wischten sich mit dem Handrücken über den Mund.

Während dieser Zeremonie tranken Johannes und der dicke Wirt ebenfalls den Schnaps aus, vorher prosteten sie sich zu, indem sie das Glas hoben und sich dann ansahen.

„Und wie heißt du?", fragte einer von denen am Tresen.

Johannes bedeutete dem Wirt, er möchte nun ebenfalls für alle eine Runde Korn spendieren. Der holte wieder die Flasche aus dem Kühlschrank, goss jetzt aber zuerst in Johannes' Glas, bediente dann die drei am Tresen und schenkte sich zuletzt ein.

Nachdem die Flasche wieder im Kühlschrank verstaut war, sagte Johannes:

„Prost, ich heiße Johannes."

Die drei am Tresen und der Wirt hoben die Gläser, führten sie über dem Tresen zusammen, um mit ihrem neuen Duzfreund anzustoßen. Johannes hob ebenfalls sein Glas und führte es zu den anderen Gläsern.

Dann sagte der Wirt:

„Nun denn! Johannes!"

So, wie zuvor, führten die drei am Tresen ihr Glas an den Mund, legten den Kopf in den Nacken und ließen das Getränk in ihre Kehlen rinnen.

Dann sagten sie „Ah!", stellten die Gläser ab und wischten sich den Mund.

Johannes und der Wirt prosteten sich nochmals

zu und leerten ebenfalls ihre Gläser.

„Seid ihr aus dem Dorf?", wollte Johannes von den drei Männern am Tresen wissen. In der Mitte des Trio saß ein kleinerer, dicker Mann mit einer Glatze, der eine abgewetzte und ausgewaschene Arbeitsjacke trug, die an den Ärmeln geflickt war. Er sah Johannes an und sagte:

„So fragt man Leute aus. Aber, pass auf! Ich bin Kurt und fahr' Trecker. Und das", Kurt wies auf den zu seiner rechten Seite sitzenden Nachbarn, „das ist Heinzi, der arbeitet in'n Schweinestall. Macht die Sauen. Hundertfuffzig Tiere mit ihre Ferkel. Und hier", Kurt zeigte auf seinen links von ihm sitzenden Nebenmann, „das ist Jochen. Ist Rinderzüchter und macht den einen Kuhstall. Wir haben drei."

Darauf sagte Johannes nur:

„Da habt ihr aber ganz schön zu tun, Heinzi muss hundertfünfzig Sauen mit Ferkel am Tag machen."

„Na, ja", sagte Heinzi, „is nich einfach. Aber wir wollen uns ja nich beklagen, nich Jochen?"

„Nö, das wollen wir nicht."

„Aber du mit deine hundert Kühe hast ja auch gut zu tun, nich Jochen?", sagte Heinzi.

„S' geht."

Dann starrten alle drei wieder in ihre halbvollen Biergläser. Johannes bedeutete dem Wirt Peter, er möchte jetzt bezahlen. Er wollte nicht zu spät in seinem Quartier eintreffen. Außerdem befürchtete er, die drei Herren am Tresen würden ihn zu weiteren Schnäpsen einladen. Das wollte Johannes nicht. „Nee, lass mal sein, warst heute mein Gast", sagte der dicke Peter hinterm Tresen. Das hatte Johannes nicht erwartet. Er bedankte sich und versprach, an einem der nächsten Abende wieder zu kommen. Dann wolle er sich von den Kochkünsten der Wirtin in der Dorfgaststätte überzeugen.

*

Das Haus, in dem Johannes nach einem Quartier fragen sollte, befand sich am Dorfrand. Es stand in einem großen Garten, der einen gepflegten Eindruck auf ihn machte. Eine ältere Frau öffnete ihm. Als er den Zettel vom Wirt der Dorfgaststätte gezeigt hatte, sagte sie:

„Na, dann kommen Sie herein."
Johannes betrat das kleine Haus mit den niedrigen Decken und fühlte sich sofort wohl. Er wusste nicht weshalb. Vermutlich lag das aber daran, dass Frau Gau, so hieß die Besitzerin, die Einrichtung sehr rational und übersichtlich

gestaltet hatte. Nirgendwo konnte er Dinge entdecken, die nicht gebraucht würden. Alles hatte eine Bestimmung.

Das Haus war mit schlichtem hellen Holzmobiliar ausgestattet und auf den Dielen lagen wollene Teppiche.
Im Flur stand eine große Vase mit Sonnenblumen.
Überhaupt, in jedem Zimmer sah Johannes Gefäße mit Blumen. Er hatte den Eindruck, Frau Gau verwendete viel Zeit dazu, um diese Blumen, wenn sie aus dem Garten in das Haus geholt waren, zu pflegen.
„Es gefällt mir bei Ihnen", sagte er.
„Ach wissen Sie, junger Mann, wenn man einmal Grund drin hat, dann muss der Stand der Dinge bewahrt werden. Jeden Tag ein bisschen machen, erspart eines Tages viel Mühe! Kommen Sie, ich zeige Ihnen Ihre Bleibe."
Frau Gau stieg die Holztreppe empor und Johannes folgte ihr.
Sie öffnete die Tür zu einem Zimmer.
„Hier hat unser Sohn gelebt. Lassen Sie bitte alles an seinem Platz stehen!"
„Selbstverständlich!" Dann entdeckte Johannes an der Wand im Flur, neben der Tür zu dem Zimmer, dass er gezeigt bekam, ein Foto. Darauf war ein Mann abgebildet, etwa in seinem

Alter. Unter dem Bild hing eine schwarze Schleife.

„Das ist Ihr Sohn?", fragte Johannes.

„Das war mein Sohn!" Frau Gau ging zum Fenster und sah einen Augenblick in den Garten und dann auf den Bodden, drüben, am Horizont. Dann drehte sie sich um und sagte zu Johannes:

„Er kommt nicht mehr wieder."
Johannes verstand, er hatte, zumindest in diesem Moment, nicht vor, weiter nach dem Sohn zu fragen.

„Machen Sie es sich bequem. Sollten Sie etwas benötigen, fragen Sie! Bin ich nicht im Haus, suchen Sie mich im Garten. Und wenn Sie es möchten, dann können wir morgens um halb acht in der Küche frühstücken. Am Tag wollen Sie sicher malen und zeichnen gehen. Sagen Sie mir dann auch immer, ob Sie mit mir zusammen am Abend essen wollen. Tagsüber werden Sie doch bestimmt unterwegs sein, oder?"

„Ja, ja, gewiss!"

„Ach so, ehe ich das vergesse: Ich habe hier oben ein kleines Bad einbauen lassen. Hier, die zweite Tür links!" Frau Gau zeigte den Flur entlang. „Noch eine Frage! Wie lange wollen Sie bleiben?"

„Eine Woche", sagte Johannes.

„Gut. Geben Sie mir in den nächsten Tage hundert Mark, das ist in Ordnung so!"

„Und Frühstück...?"

„Hundert Mark! Sie haben's doch auch nicht im Überfluss. Mein Sohn hatte auch studiert. In Wustrow, an der Seefahrtschule. Er stand kurz vor dem Abschluss, wollte zur See fahren und die Welt sehen. Nein, er sagte immer, er wolle sich die Welt anschauen. Wegen der Weltanschauung, meinte er."

„Danke!"

„Noch 'was! Der Schlüssel liegt in der Nische hinterm Briefkasten an der Haustür. Und geben Sie nichts auf das, was der dicke Peter in der Kneipe erzählt. Ist 'n alter Quatschkopf. Aber mir schickt er immer Gäste vorbei."

Dann ging Frau Gau aus dem Zimmer und die Treppe hinunter und rief Johannes, als sie im Erdgeschoss ihres Hauses angekommen war, zu:

„Sie haben doch bestimmt noch nichts gegessen. In einer Stunde habe ich für uns das Abendessen fertig. Kommen Sie dann in die Küche!"

„Danke, Frau Gau."

Johannes trat an das Fenster und sah in den Garten. Er hatte keinerlei Kenntnisse darüber, wie ein Garten anzulegen ist und welche grundsätzlichen Dinge dabei zu beachten sind.

Sein Empfinden signalisierte ihm jedoch, Frau Gau verwaltete ihren Garten mit sehr viel Sachkenntnis. Später, so überlegte Johannes, würde er versuchen, vielleicht auch einen Garten zu bewirtschaften...

*

Die aus Feldsteinen erbaute Kirche stand auf einem Hügel. Ähnlich einer Festung schien sie die weißen, mit Schilf gedeckten Häuser, zumeist Fachwerkhäuser, des Dorfes zu bewachen und zu beschützen.

Als Johannes auf dem Kirchberg stand, konnte er im Nordwesten, über der hügeligen Landschaft, das Kap Arkona sehen, die nördlichste Spitze der Insel Rügen. Und beinahe am Fuße des Hügels, auf dem die Kirche stand, befand sich das Wasserschloss Spyker. Johannes war von dem Blick über die Weiten der Rügenschen Landschaft überwältigt. Er setzte sich auf die Wiese und begann, in seinem Skizzenbuch zu zeichnen. Später betrat er die Kirche und bestaunte deren barocke Ausstattung, die der damalige schwedische Generalgouverneur Carl Gustav von Wrangel veranlasste und dazu auch den Altar stiftete. Das war im Jahre 1668.

Johannes war bekennender Atheist. Seine Einstellung zum Leben und der Natur gegenüber war jedoch von Achtung geprägt. Seitdem er über Albert Schweitzer gelesen hatte, bemühte er sich, dessen Einstellung „Ehrfurcht vor dem Leben" zu befolgen.

Dennoch besuchte er, wann immer es ihm möglich war, Kirchen und die oft in deren unmittelbarer Umgebung angelegten Friedhöfe. Kirchen und andere sakrale Bauwerke waren für ihn Zeugnisse der Kulturgeschichte und Vergangenheit

Auf einem der Grabhügel nahe der Bobbiner Kirche fand er frische Blumen. Die beiden unmittelbar nebeneinander befindlichen Ruhestätten waren sehr gepflegt. Auf einem schlichten Feldstein fand er die Namen der Toten eingemeißelt: Alfred und Matthias Gau. Beide Männer waren am gleichen Tag gestorben, am 25. Januar 1973.

„Das also meinte Frau Gau, als sie davon sprach, ihr Sohn kommt nie wieder", sagte Johannes leise. Johannes verließ den Friedhof und schloss leise die schwere schmiedeeiserne Pforte hinter sich.

Friedhöfe sollte man leise betreten und leise verlassen.

Johannes erinnerte sich daran, als er mit seiner Großmutter den Friedhof besuchte, auf dem vor einigen Jahren sein Großvater beerdigt worden war. Am Zugang war ebenfalls ein großes schmiedeeisernes Tor, dass an jenem Tag offen stand. Neben diesem Tor befand sich eine kleine Tür. Als Johannes durch das Tor den Friedhof betreten wollte, hinderte ihn seine Großmutter daran und zog ihn, einen Schritt, bevor er durch das Tor gegangen wäre, zurück.

„Durch dieses Tor, mein Junge, geht man nur einmal", sagte seine Großmutter damals zu ihm.

Er befolgte ihre Worte und ging mit der alten Frau durch die Tür neben dem Tor auf den Friedhof.

Johannes fuhr mit dem alten Fahrrad, Frau Gau hatte es ihm geliehen und das er an der Bank vor dem Friedhof abgestellt hatte, in das Dorf zurück. In der Gaststätte wollte er sich von den Kochkünsten der Wirtin überzeugen.

Als Johannes den Gastraum betreten hatte, traf er die drei Männer, die er bei seiner Ankunft kennen gelernt hatte, am Tresen sitzend an. Beim Anblick der drei meinte er, die Zeit wäre nicht vergangen. In genau der leicht gebückten Haltung wie bei seinem ersten Besuch blickte jeder in sein halb geleertes Bierglas, neben dem jeweils ein Schnapsglas stand.

Peter, der dickleibige Wirt, schreckte auf, als Johannes die Tür des Gastraumes schloss. Wahrscheinlich hatte er seine schweigenden Gäste am Tresen beobachtet, dabei schwere Augen bekommen und war im Stehen eingenickt.

„Aha", sagte er, „der angehende Künstler!"

So, als hätten sie es verabredet, drehten die drei am Tresen langsam ihre Köpfe zu Johannes, um dann Augenblicke später erneut die Betrachtung der vor ihnen stehenden Gläser fortzuführen.

„Na, möchst 'n Bier?", fragte der dicke Wirt, als Johannes den Tresen erreicht hatte. Ohne die Antwort abzuwarten, nahm er ein Glas aus dem Regal, nickte Johannes kurz zu und begann, Bier zu zapfen.

„Bist du gut untergekommen?", wollte er wissen.

„Sogar sehr gut, es gefällt mir", antwortete Johannes wahrheitsgemäß. Und dann fragte er:

„Hat die Küche heute auf?"

„Loni muss gleich kommen", sagte der dicke Peter und fragte weiter:

„Mit Brathering oder Schnitzel?"

„Hering."

„Ich lege ihr dann schon 'mal einen Zettel hin", erwiderte der Wirt.

Johannes hatte sich wieder in den schmalen Durchgang, seitlich vom Tresen, gestellt. Plötzlich blickte Kurt, der Treckerfahrer, ihn mit kleinen und glasigen Augen an und sagte:

„Bei uns im Dorf wohnt ein Kollege von dir. Im letzten Haus, da, wo's auf die Schaabe geht. Kennste den?"

„Nee."

„Soll wohl berühmt sein. Wird erzählt."

„Wie heißt er denn", wollte Johannes wissen.

„Franz, glaub' ich. Aber mit Familiennamen. Vorname is' Gerhard."

„Quatsch", sagte Peter, der dicke Wirt „der heißt Günter Franz", und rief in die Küche:

„Tach, Loni!"

„Ist 'n bisschen eigenartig, so wie Künstler eben sind. Aber nich unsympathisch. Seine Frau grüßt auch immer"; mischte sich nun Heinzi ein. Dann gab Jochen, der mit Kurt und Heinzi am Tresen saß, dem dicken Peter mit einer kreisenden Bewegung seines rechten Zeigefingers ein Zeichen.

Peter nickte stumm, holte zwei Schnapsgläser aus dem Regal und stellte eines vor Johannes und das andere vor sich. Dann kramte er eine Flasche Korn aus dem Kühlschrank unter der Theke hervor. Er goss zuerst den drei Männern am Tresen Schnaps in die Gläser, dann in

Johannes' Glas und zum Schluss in sein Glas. Nachdem er die Flasche im Kühlschrank verstaut hatte, hoben die drei am Tresen ihre Gläser und führten sie über der Theke zusammen. Johannes und der dicke Peter ergänzten den Kreis mit ihren Gläsern.

„Na denn Prost", sagte Jochen.

„Prost", erwiderten die anderen.

Jeder der drei am Tresen führte sein Glas an den Mund, legte seinen Kopf in den Nacken und ließ den Schnaps in den Mund fließen, schluckte ihn hinunter und sagte laut und vernehmlich „Ahh". Das erfolgte wieder simultan.

'Wie lange die wohl geübt haben, um ihre Bewegungen, fast auf die Sekunde genau, zu koordinieren', dachte Johannes.

Als die drei ihren Schnaps getrunken hatten, nickten Johannes und der Wirt sich zu und leerten ihre Gläser.

Nach dem Essen, Bratkartoffeln und Bratheringe hatte ihm Loni wie bestellt zubereitet, ging Johannes noch einmal an die Theke. Die drei Dorfbewohner hatten in der Zwischenzeit den Tresen verlassen.

„Heute Nachmittag war ich in der Kirche und auf dem Friedhof. Da habe ich die Grabstelle von Matthias und Alfred Gau gefunden. Waren die mit meiner Wirtin verwandt?", fragte

Johannes.

Wortlos holte der dicke Peter zwei Schnapsgläser aus dem Regal, stellte eins davon vor Johannes und goss in jedes von dem Korn, der unter dem Tresen kühlte. Dann sagte er:

„Prost!"

Als die beiden den Schnaps getrunken hatten, begann Peter zu erzählen:

„Der eine war der Mann und der andere der Sohn deiner Vermieterin. Sind beide im Januar '73 im Bodden ertrunken."

„Wie ist denn das passiert?"

„Einige Urlauber sind aufs Eis gegangen. Alfred und Matthias wollten sie zurückholen. Dann kam Wind auf und das Eis ist gebrochen. Die Urlauber konnten sie noch rechtzeitig warnen. Von denen ist keinem was passiert. Außer nasse Hosen. Alfred und Matthias haben's nicht mehr geschafft, an Land zu kommen. Hilde hat wochenlang nur geweint..."

„Kann ich verstehen, Mann und Sohn an einem Tag zu verlieren...", unterbrach Johannes.

„Und die Fremden sind sofort abgereist, ohne sich zu kümmern. Nicht 'mal zur Beerdigung waren die da. Haben auch keinen Brief geschrieben oder Blumen fürs Grab vorbei gebracht. Soviel wie ich weiß. Die Kripo meinte dann anschließend auch nur, es war ein Unfall. Hilde hat dann wohl noch ein paar Mark von 'ner Versicherung bekommen. Waren beschissene Tage. Damals. Noch einen?"

„Na gut, einen noch. Und dann will ich bezahlen", erwiderte Johannes. Nachdem beide ihren Korn getrunken hatten, fragte Johannes:

„Peter, was bekommst du von mir?"

„Gib mir fünf Mark, Studenten haben's ja auch nicht so dicke!" Johannes bezahlte und als er danach bereits die Tür des Gastraum erreicht hatte, rief ihm der Wirt nach:

„Frag' aber Hilde nicht nach Alfred und Matthias. Wär' nicht gut!"

„Nee, das mache ich bestimmt nicht!"

*

An den nächsten Tagen fuhr Johannes mit dem Fahrrad auf den holprigen Straßen und ausgefahrenen Feldwegen. In den Pausen zwischen kürzeren und längeren Strecken setzte er sich, um die Landschaft der Insel in seinem Skizzenbuch aufzuzeichnen. Er hatte sich an den Hinweis von Treckerfahrer Kurt erinnert und war „zielgerichtet zufällig", wie er es erklärte, an einem Nachmittag an dem letzten Haus des Dorfes, Richtung Schaabe, vorbeigefahren.

Am Sonntag, seinem letzten Tag auf der Insel, erreichte Johannes gegen elf Uhr das Atelier des Malers Günter Franz.

An der Gartentür las Johannes auf einem Zettel, sorgfältig in eine durchsichtige Hülle verpackt:

„Mittwoch bis Sonntag offen von 9 bis 12."

Er lehnte das Fahrrad an den Zaun, öffnete die Gartentür und ging auf den mit Feldsteinen gepflasterten Weg nur wenige Schritte bis zum Hauseingang. Die Tür war nicht verschlossen, nur angelehnt. Johannes betrat das Haus und ging in den lichtdurchfluteten Raum. Großformatige, sehr farbintensive Aquarelle und Ölbilder hingen an den Wänden oder standen auf dem Fußboden. Auf Tischen lagen unter Glasplatten Zeichnungen und Grafiken.

Aus einem Lautsprecher, der irgendwo auf einem der mit schwarzer Farbe gestrichenen Balken stand, erklang leise Musik.

Johannes war, ebenso wie die wenigen anderen Besucher, von der beinahe festlichen Stimmung in der Ausstellung überwältigt.

In dem Raum roch es intensiv nach Farbe.

Auf den Bildern, Grafiken und Zeichnungen hatte der Maler, neben Motiven der Insel Rügen, oft Blumen und Pflanzen, Malven, Kamilleblüten, auch Rosen, dargestellt.

Der Maler feiert die Schönheit der Schöpfung, war Johannes' erster Gedanke. In einem kleineren Nebenraum, der Zugang war mit einem dicken Seil, vermutlich am Strand gefunden, abgesperrt, saß in einem Korbstuhl ein älterer Herr. Johannes ahnte, es ist der Maler Günter Franz, der einen Brief schrieb. Dabei beobachtete er nebenbei die Besucher seines Hauses und der Ausstellung.

Als eine große Wanduhr die zwölfte Stunde verkündete, stand Günter Franz auf und stellte sich hinter das Seil. Als die wenigen Besucher die Ausstellung verlassen hatten, war Johannes noch immer in die Betrachtung vertieft. Das erforderte von Johannes alle Aufmerksamkeit.

„Junger Mann", sagte Günter Franz, „es ehrt mich, wenn Sie sich so begeistert meine Bilder ansehen. Doch alles hat einmal ein Ende. Für heute jedenfalls in diesem Raum!"

„Entschuldigen Sie, ich habe...", erwiderte Johannes.

„Ist schon gut."

Als Johannes vor dem Haus stand, blickte er sich noch einmal um. Jetzt erst bemerkte er, die Außenwände waren mit ultramarinblauer Farbe gestrichen.

„Das Blaue Haus", sagte er leise.

Bevor er sein Fahrrad bestieg, überlegte er, wohin er fahren sollte. Lieber zur Schaabe, die den Großen Jasmunder Bodden von der Ostsee trennte, oder lieber zum Königsstuhl. Das hätte allerdings bedeutet, auf holperigen Kopfsteinpflasterstraßen zu radeln. Er entschied sich für den Weg zur Schaabe.

Dann lief Johannes durch den feinen und, jetzt am Nachmittag, warmen Sand, bevor er versuchte, den Strand zu zeichnen. Jedoch fehlte ihm die notwendige innere Ruhe. So war es für ihn auch nicht verwunderlich, dass diese Zeichnungen nur die Qualität einer Skizze aufwiesen.

Später badete er lange in der Ostsee. So lange, bis er unterkühlt und frierend das Wasser verließ, sich wieder ankleidete und nach Bobbin zurück fuhr.

„Johannes", sagte Frau Gau, „ich habe mir schon Sorgen darüber gemacht, Ihnen könnte etwas zugestoßen sein. Wissen Sie, wie spät es ist?"

„Nein. Aber haben Sie keine Angst, ich gehe nicht verloren!"

„Ich habe für uns das Abendessen bereitet. Schließlich ist heute Ihr letzter Tag. Da habe ich mir überlegt, etwas Besonderes auf den Tisch zu stellen."

„Das ist aber nicht notwendig, Frau Gau", antwortete Johannes.

„Wissen Sie, mein Sohn war auch immer froh, wenn er nach Hause kam und ich hatte den

Tisch gedeckt! Kommen Sie, wir wollen im Garten essen!"

Mit einer einladenden Geste, bestimmt vorgetragen, so dass Johannes merkte, jeglicher Widerspruch wäre zwecklos, lud sie ihn ein, am Tisch Platz zu nehmen und fragte dann:

„Könnten Sie die Weinflasche öffnen?"

Der gedeckte Tisch stand auf der Wiese unter einem alten Apfelbaum. Eine Tischdecke war über das Angerichtete gelegt und als Frau Gau die weggenommen hatte, war Johannes sehr erstaunt.

„Sie haben sich aber sehr große Mühe gegeben. Und nur für mich?"

„Ja!"

„Danke!"

„Bitte, setzen Sie sich! Ich habe mir gedacht, dass wir heute Fisch essen. Mein Nachbar hat geräuchert. Dann gibt er mir immer etwas ab."

Auf einer Schale lagen mehrere Stücke Räucherfisch, auch Aale.

„Als mein Mann noch lebte, er war übrigens Fischer, haben wir oft wochenlang, wenn der Fang ausreichend war, nur Fisch gegessen. Gebraten, gekocht, geräuchert. Mein Mann konnte nicht nur Fisch fangen. Er konnte ihn ebenso gut, ja ausgezeichnet, zubereiten. Seine

57

geräucherten Aale waren beinahe auf der gesamten Insel bekannt...“

Frau Gau unterbrach ihre Rede und blickte in die Ferne. Dahin, wo sich der Bodden befand. Dann wischte sie sich mit der Hand eine Träne aus den Augen.

„Ist schon gut“, sagte sie.

Johannes blickte etwas hilflos. Frau Gau hatte das bemerkt und kam seiner unbeholfenen Bemerkung zuvor:

„Sie müssen nichts sagen. Ich kann mir denken, Sie wissen darüber Bescheid, was mit meinem Mann und meinem Sohn passiert ist!“

„Ja, ich habe davon gehört.“

„Dann wollen wir nicht mehr darüber reden. Gießen Sie uns vom Wein ein! Wir können die Ereignisse auch nicht mehr rückgängig machen. Sie ahnen nun vielleicht, warum ich mich um Sie gesorgt habe!“

„Ja.“

Nach einer Weile fragte Frau Gau:

„Wissen Sie eigentlich, Johannes, wir auf der Insel nennen den Aal auch Drei-Farben-Fisch?“

„Nein. Und weshalb?“

Nun, er wird grün gefangen, dann goldgelb geräuchert und schließlich schwarz verkauft. Manchmal meint man, der Aal ist, besonders auf der Insel, die eigentliche Währung.“

Johannes sah Frau Gau schmunzelnd an und sagte dann:

„Ist das wirklich so?"

„Na ja, nicht offiziell. Aber für ein paar Aale können Sie schon einige Dinge bekommen, von denen Sie nicht einmal wissen, dass es die überhaupt gibt."

„Und was?"

„Eigentlich alles. Ersatzteile fürs Auto, Baumaterialien. Na, und so weiter. Bezahlen müssen Sie aber dennoch. Verstehen Sie, was ich meine?"

„Ja, so ungefähr."

Und nach einigen Augenblicken fügte er hinzu:

„Ich erinnere mich daran, einige meiner Freunde haben mir ähnliches berichtet. Die wollten in einem Fischladen Aale kaufen. Als sie danach fragten, meinte die Verkäuferin, Aale würden unter Naturschutz stehen und dürften deshalb nicht gefangen werden, außerdem sind die Fische vom Aussterben bedroht."

„Na, was sollte die Frau auch anderes erklären. Der wurde das doch so aufgetragen. Aber Johannes, mein Mann und seine Kollegen hatten in jedem Jahr die Reusen voll. Und dann, so haben sie zufällig erfahren, wurde der Fang nach Westberlin gebracht. Ich glaube, einer von den Fischern hatte 'mal Besuch aus dem Westen. Die Leute haben davon erzählt."

59

„Geld stinkt eben nicht. Auch nicht im real existierenden Sozialismus! Und gelogen wird hier auch. Wie überall auf der Welt.", sagte Johannes.

„Das dürfen Sie aber auch nicht laut sagen, Johannes!"

„Nee, nee. Ich weiß. Schließlich will ich mein Studium nicht wegen irgendwelcher laut geäußerter Meinungen vorzeitig aufgeben müssen!"

„Es ist nur wichtig, die Dinge zu erkennen. Und vielleicht kommt irgendwann auch hier der Tag, an dem so geredet werden kann, wie es richtig ist. Möchten Sie noch vom Aal haben?", Frau Gau legte Johannes noch ein Stück auf den Teller und fragte ihn dann:

„Wohin sind Sie heute gefahren?"

„Zuerst war ich beim Maler Franz und dann zum Baden an der Schaabe."

„Mein Mann hat ihm, dem Günter, wie er ihn immer nannte, die Männer haben ja immer ,Du' zueinander gesagt, auch öfter Fisch gebracht. Geld hat Alfred dafür nicht genommen. Herr Franz hat uns manchmal eine Zeichnung und auch drei Bilder geschenkt. Er meinte, wenn er Besuch bekommt, essen sie auch gern frischen Fisch."

„Sie haben die Bilder aber nicht in Ihrem Haus?"

„Nein, die habe ich meiner Tochter geschenkt. Damals, als das mit Alfred und Matthias passiert war. Ich wollte keinerlei Erinnerungen mehr im Haus haben. Zumal unsere Tochter damals gerade ihre Wohnung eingerichtet hatte."

„Wo wohnt Ihre Tochter?"

„In Weimar. Hat Architektur studiert. War immer ein fleißiger Mensch und hat als Beste ihres Jahrgang die Schule in Bergen und das Studium abgeschlossen. Ich bin ja so stolz auf sie."

„Das dürfen Sie auch sein, Frau Gau!", entgegnete Johannes.

„Soll ich Ihnen noch Fisch geben?", fragte Frau Gau.

„Ich glaube, nun ist es genug. Aber wenn ich noch Wein..."

„Ja, gewiss! Gießen Sie sich ruhig ein, mir reicht ein Glas."

Dann fragte Johannes:

„Lebt der Maler Günter Franz ständig hier im Dorf?"

„Nein. Nur im Sommer. Den Winter über wohnt er in Stralsund. Hat mein Mann mir gesagt. Soll aber ein bisschen komisch sein. Ich habe ihn nur ein oder zwei Mal getroffen. Unhöflich war er nicht. Er soll auch eine schwere Vergangenheit haben."

„Ja?"

„Sie haben bestimmt bemerkt, er ist sehr verschlossen. Und liest keine Zeitung und hat wohl auch keinen Fernsehapparat. Man vermutet, da waren wohl im Krieg einige schlimme Erlebnisse...“

*

Als Johannes am nächsten Morgen in die Küche kam, um zu frühstücken, erwartete Frau Gau ihn bereits.

„Ich dachte, Sie müssen heute wieder abreisen. Es wird auch Zeit, dass Sie 'was essen. Und dann hinaus mit Ihnen!“
Frau Gau lächelte Johannes verschmitzt aus dem Augenwinkel an.

„Der Bus fährt ja erst in einer halben Stunde. Und meine Sachen habe ich schon gepackt. Das Zimmer ist ebenfalls aufgeräumt.“

„Das war aber nicht nötig!“

„Wenn ich Ihr Gast sein durfte, war das sehr wohl notwendig!“
Beim Abschied, Frau Gau begleitete Johannes bis auf die Straße, fragte er:

„Darf ich im nächsten Sommer wieder zu Ihnen kommen?“

„Sie dürfen mich immer besuchen. Schreiben Sie mir vorher eine Karte! Und Ihre Freundin dürfen Sie auch mitbringen.“

„Danke!"

„Johannes?"

Ja?"

„Danke dafür, dass Sie mich besucht haben!"

Frau Gau blickte Johannes mit ihren hellen und wasserblauen Augen an. Dann reichte sie ihm die Hand und blickte ihm nach, als er zur Haltestelle des Überlandbusses ging.

Er wendete sich noch einmal um und winkte zurück, weil Frau Gau so lange auf der Straße vor ihrem Haus stand, bis Johannes hinter der Straßenbiegung verschwunden war.

Johannes bestieg den Bus und fuhr nach Bergen. Von dort mit dem Zug in die Stadt, in der seine Eltern wohnten. Zwischen ihm und seinem Vater gab es dann gleich am ersten Abend diesen Streit wegen Nichtigkeiten.

Nach zwei Tagen Aufenthalt reiste er wieder in seine Studentenbude über den Dächern der Stadt.

Dort malte er zwei Bilder nach den Skizzen, die er im Werk angefertigt hatte.

3

Der erste September des Jahres 1975 war ein Montag.
An jedem ersten September wurde im Lande der Unterricht an allen Schulen nach der Sommerpause wieder aufgenommen. Außer, wenn das Datum dieses Tages einen Sonnabend oder Sonntag anzeigte. Dann war am folgenden Montag der Unterrichtsbeginn.

An diesem Tag begann für Johannes Meierhofer das vierte Jahr seiner bildkünstlerischen Bemühungen, und er erreichte die Akademie an diesem Montag kurz vor acht Uhr.
Bevor Johannes sich zur ersten Vorlesung dieses Studienjahres begab, las er an der Tafel im Erdgeschoss der Hochschule die neuesten Mitteilungen für Studenten.
Es wurde, außer den üblichen Hinweisen darauf, wer wann und wo Seminare und Vorlesungen hält, auch bekannt gegeben, wann welche Feierlichkeiten zum Beginn des Semesters stattfanden.

Um acht Uhr betrat Johannes den Hörsaal. Rechts neben der Eingangstür stand ein Tisch, auf dem er in einer Liste seinen Namen einschrieb und mit seiner Unterschrift bestätigte.

Er war wieder an der Akademie angekommen.

Johannes hatte es geahnt und gewusst, diese erste Vorlesung des neuen Studienjahres sollte ihm und seinen Kommilitonen die neuesten Erkenntnisse und Erfahrungen sozialistischer Kulturpolitik näher bringen.

Das hatte er bereits drei Mal erfahren dürfen, immer zum Beginn eines jeden Studienjahres.

Johannes wusste, ein Entkommen vor diesem für ihn bedeutungslosen Gerede des Dozenten war nicht möglich.

Am Ende der Ausführungen würde wieder die Liste auf dem Tisch am Eingang liegen und er und alle anderen mussten erneut ihre Unterschrift leisten...

*

Die junge Frau stand im Halbdunkel der Kneipe und hielt ein halb gefülltes Weinglas in der Hand. Später konnte Johannes beobachten, sie saß mit einigen anderen Leuten am Tisch und sprach mit ihnen. Worüber, das war nicht zu verstehen, die Musik war an diesem Abend sehr laut.

Johannes gefiel es, wie sie mit Gesten sehr gut das von ihr Gesagte begleitete und zu verdeutlichen versuchte. Die mittellangen blonden Haare hatte sie zu einem Zopf zusammen gebunden. Um die Schultern trug sie ein buntes Tuch.

Die junge Frau bemerkte nicht, dass Johannes sie beobachtete. Er blickte sie nicht ständig an. Das hätte seiner grundsätzlichen höflichen Einstellung gegenüber anderen Menschen widersprochen.

Johannes hatte die Frau mit dem blonden Zopf noch nie in dieser Kneipe gesehen. Jedenfalls konnte er sich nicht, sollte sie jemals hier gewesen sein, daran erinnern.

Allerdings, häufig war er hier auch nicht. Lieber verbrachte er die Abende in seiner kleinen Wohnung oder im Malsaal.

Als die junge Frau, sie hieß Anna, wie er später erfahren sollte, aufstand, um sich am Tresen ein weiteres Glas Weißwein zu holen, blickte sie Johannes kurz an. Sie bestellte, bezahlte und setzte sich wieder an den Tisch zu ihren Freunden...

*

Während der Maler Hans Meierhof auf der Terrasse seines Hauses saß, konnte er sich nicht mehr daran erinnern, was der Student Johannes Meierhofer an diesem Abend in der Studentenkneipe weiterhin erlebt hatte.

Sein Erinnerungsvermögen war, das sei hier ausdrücklich festgestellt, niemals in seinem bisherigen Leben durch übermäßigen Alkoholgenuss getrübt gewesen.

Wahrscheinlich hatte er an diesem Abend noch ein weiteres Glas Wein getrunken und war dann in seine Wohnung gegangen...

*

An der Akademie war es Tradition, dass Studenten der höheren Semester, in der Regel nach dem dreijährigen Grundstudium, beratend die Kommilitonen des ersten Semesters begleiteten.

Jedoch war nicht genau festgelegt worden, wie diese Beratungen und Begleitungen zu erfolgen hatten. Man wollte, und der Vorsatz war zu begrüßen, die Kameradschaft innerhalb der Studentenschaft fördern. Und hoffte zudem, durch diese Hilfestellungen beim Einleben in den Alltag an der Akademie, elitärem Auftreten der älteren Studenten zu begegnen.

Johannes war nach dem Grundstudium in die Malklasse von Professor Klaus Almich aufgenommen worden. Almich war nicht nur einer der bekanntesten, sondern auch begabtesten Maler im Lande.

Obwohl damals, im Jahre 1975 erst 38 Jahre alt, eilte ihm der Ruf eines ausgezeichneten künstlerischen Handwerkers ebenso voraus wie der eines sehr guten Lehrers.

Sein loyales und kameradschaftliches Auftreten gegenüber den Studenten wurde von diesen wohlwollend begrüßt. Allerdings war das dagegen unter seinen Kollegen nicht unumstritten.

Auch wegen seiner Weigerung, sich einer Partei, möglichst der „führenden Kraft der Arbeiterklasse" anzuschließen, wurden mit ihm in regelmäßigen Abständen die unbeliebten „Kadergespräche" geführt.

Dennoch, Almichs anerkannte künstlerische und fachliche Kompetenz ließen niemals Zweifel an der Entscheidung, ihm die Ausbildung der angehenden Maler anzuvertrauen. Das sollte so bleiben, bis Professor Klaus Almich, einige Jahre nachdem Johannes sein Studium beendet hatte, von einer Studienreise nach Italien nicht mehr an die Akademie zurückkehrte. Als Johannes davon erfuhr, hatte er Verständnis für Professor Almich.

Leider konnte er sich damals so nicht öffentlich dazu äußern.

„Es wird sich in den vergangenen Tagen auch bis zu Ihnen herumgesprochen haben, man erwartet nunmehr von Ihnen, nun, wie soll ich es Ihnen beschreiben," Professor Almich kratzte sich hinter seinem linken Ohr, „also, Sie sind á dato Paten für unsere neuen Studenten. Ich muss Sie, und dazu bin ich aufgefordert, Ihnen das zu sagen, bitten, Ihre fürsorglichen Bemühungen nicht unbedingt auf alle Bereiche Ihrer verordneten Patenschaft auszuweiten. Ich denke, Sie haben verstanden, wie ich das meine!"

„Ohne Einspruch, Herr Professor", antwortete Johannes.

„Na, dann sollte einer gedeihlichen Zusammenarbeit nichts im Wege stehen!"

„Ich habe mir gedacht, wir treffen uns heute Abend, also Sie, die Neuen und ich, in der ‚Kornblume'. Ist Ihnen um acht Uhr angenehm?"

Als keiner der Anwesenden antwortete, sagte Professor Almich:

„Dann freue ich mich auf das Treffen!"

Die „Kornblume" war der Treffpunkt für Maler, Bildhauer, Schauspieler, Dichter, also für das kreativ-schaffende Volk der Stadt.

Einem ungeschriebenen Gesetz zufolge war es Studenten nicht erlaubt, dieses Haus zu besuchen, es sei denn, sie wurden von einem der Künstler eingeladen. Übrigens hieß die Gaststätte „Zur blauen Kornblume". Was Johannes nicht verstehen konnte. Die Existenz einer grünen oder gelben Kornblume war ihm nicht bekannt. Eher kannte er noch rosa Kornblumen. Zu dieser Erkenntnis waren andere Leute bereits vor vielen Jahren gelangt und hatten beschlossen, fortan nur noch von der „Kornblume" zu sprechen.

„Ich sehe, Sie fremdeln nicht", sagte Professor Almich, als er das für ihn und seine Gäste reservierte Clubzimmer in der „Kornblume" zehn Minuten nach acht betrat, in dem bereits das erste Kennenlernen stattgefunden hatte. Professor Almich hatte die Wirtin gebeten, seine Gäste, sollte er noch nicht anwesend sein, in dieses Zimmer zu führen. Dann fügte er, ohne Gründe zu erwähnen, hinzu:
„Ich bitte Sie, mir meine Verspätung zu entschuldigen."

Professor Almich erwartete von seinen Studenten, sollte einer von ihnen zu spät erscheinen, darüber mindestens Worte des Bedauerns zu äußern.

Und da Studenten für ihn gleichberechtigte Partner waren, stellte er diesen Anspruch auch an sich.

„Und vorzustellen brauche ich Sie einander auch nicht mehr. Das hat sich, wie ich sehe, bereits erledigt."

*

Der Maler Hans Meierhof konnte sich auch nicht daran erinnern, ob es Zufall oder Absicht war, dass er an diesem Abend neben Anna saß...

*

„Ich habe dich schon einmal gesehen!" sagte Anna, nachdem sie sich ein Glas Weißwein bestellt hatte.

„Wo soll das denn gewesen sein?"
Anna überlegte einige Augenblicke.

„Warst du am letzten Freitag in der Kneipe, wo der Beginn des Semester gefeiert wurde?"
Ja!"

Stimmt, du hast am Tresen gestanden und bist

aber frühzeitig gegangen!"

„Ja!"

*

Der Maler Hans Meierhof konnte sich daran erinnern, als er auf der Terrasse seines Hauses saß, dass während des Gespräches zwischen Anna und ihm bei dem offiziell verordneten Treffen in der „Kornblume" nicht mehr als einige Fragen nach dem „Woher?" und „Wohin?" erörtert wurden. Einige Tage nach dem Abend in der „Kornblume" traf er Anna am späten Nachmittag irgendwo in der Stadt. Heute meint er, es wäre in einem Buchladen gewesen. Er sah Anna durch die großen Fensterscheiben vor einem Regal stehen und ging in das Geschäft...

*

„Wenn die eigene Weltanschauung dadurch begründet werden kann, dass man sich die Welt anschaut, was aber heutzutage nicht ganz einfach, weil nahezu ausgeschlossen ist, dann sollte man sich wenigstens darüber belesen, was andere Menschen, als sie sich die Welt anschauten, erlebten.", sagte Johannes, als er sich neben Anna vor das Bücherregal gestellt hatte.

„Hallo, Johannes!", antwortete Anna, „Professor Almich hat sich ja nun wirklich die größte Mühe gegeben, seinem Auftrag in der „Kornblume" gerecht zu werden. Aber dennoch kam ich mir so wie auf einem Markt vor. Wobei ich soeben meinen Eindruck noch sehr höflich beschrieben habe. Wie alt und wie mündig sind wir eigentlich?", fragte Anna.

Johannes sah Anna an und sagte:

„Ich meine, das sollten wir nicht in der Öffentlichkeit besprechen!"

„Wir brauchen das auch gar nicht weiter zu besprechen!", erwiderte die junge Frau.

„Doch, im Gegenteil, darüber möchte ich mich mit dir unterhalten. Aber, wie bereits gesagt, nicht hier. Aber jetzt ganz bestimmt!", sagte Johannes.

„Dann wollen wir das besprechen gehen!", entgegnete Anna, „Ich habe Zwiebelsuppe gekocht, die wärme ich auf. Suppen schmecken aufgewärmt ohnehin am besten. Wenn wir uns beeilen, bekommen wir da drüben in dem Laden auch noch Wein.", sagte sie und stellte ein Buch, das sie betrachtet hatte, in das Regal zurück.

„Ich werde den Wein besorgen und du hast die Zwiebelsuppe!" Johannes eilte in den

Weinladen, es war fünf Minuten vor sechs Uhr, und kaufte zwei Flaschen „Grüner Veltiner" aus Ungarn.

Johannes wusste nicht, dass Anna eine sehr kleine Wohnung unter dem Dach bewohnte.
Als er dann am Fenster stand und über die Dächer der Stadt sah, sagte er zu ihr:
„Weißt du, dass wir, jedenfalls so ungefähr, Nachbarn sind?"
„Wie, bitte?", fragte Anna aus der Küche.
„Ich sagte, wir sind fast Nachbarn."
„Wieso das?" Anna hatte sich neben Johannes gestellt.
„Dort drüben ist das Haus, in dem ich wohne!" Johannes zeigte auf das Gebäude, in dem er seine Wohnung hatte, „So kann ich sehen, ob du zu Haus bist."
„Sicher, wenn du das möchtest!" Anna hatte die Terrine mit der Zwiebelsuppe und auch zwei Teller auf den Tisch gestellt.
Während sie aus der Küche noch zwei Löffel und Gläser holte, öffnete Johannes eine der Weinflaschen.

„Du bist so schweigsam", sagte Anna, nach dem sie mit dem Essen begonnen hatten.
„Ich freue mich darüber, bei dir zu sein. Und, außerdem ist es eine Eigenart beim Essen nichts

zu sagen. In meinem Elternhaus war es üblich, während der Mahlzeiten nichts zu sagen, außer, man wurde gefragt."

„Dann herrschte bei euch am Tisch Grabesstille?"

„Nein, nein! Meine Eltern haben sich wohl unterhalten. Wir Kinder, ich habe noch zwei Geschwister, durften nur dann sprechen, wenn wir dazu aufgefordert wurden."

„Also bist du von deinen Kindheitsmustern geprägt?"

„Ich meine, jeder Mensch ist von Kindheitsmustern geprägt. Wichtig ist nur, dass er diese erkennt und dann lernt, damit umzugehen. Was nicht bedeutet, er sollte diese Erfahrungen und Erlebnisse aus der Kindheit grundsätzlich ablehnen. Es gibt da bestimmt auch viele gute Eindrücke, die zu bewahren es sich lohnt. Doch das muss jeder für sich erkennen und wenn nötig, ändern."

Dann, als Johannes das Essen beendet hatte, fügte er hinzu:
„Die Suppe war sehr gut."
Als Anna den Tisch abgeräumt hatte, legte sie Musik von Georges Moustaki auf, setzte sich wieder zu Johannes an den Tisch und fragte:
„Hast du den Sommer gut verbracht?"

Johannes lehnte sich auf seinem Stuhl zurück und begann, anfangs etwas zögernd, von seinem Besuch im Werk zu berichten und dem dort Erlebten. Dann erzählte er von seiner Reise nach Rügen, von den drei am Tresen und von Peter, dem dicken Wirt in der Dorfkneipe. Vor allem und sehr ausführlich von Frau Gau und darüber, dass ihr Mann und ihr Sohn im Bodden ertrunken sind.

Anna verfolgte Johannes' Ausführungen, ohne ihn auch nur einmal zu unterbrechen oder nachzufragen. Allerdings stand sie sehr leise, beinahe behutsam auf, um die Lieder des Georges Moustaki erneut erklingen zu lassen.

„So, und nun sitze ich bei dir", mit diesen Worten beendete Johannes seinen Bericht.

„Und ich meine, das ist gut so", erwiderte Anna und fragte sogleich:

„Willst du wieder nach Rügen fahren?"

„Ja, auf jeden Fall. Rügen ist so weit, so geheimnisvoll, so schön und oft auch so ruhig!"

„Wollen wir auch die zweite Flasche Wein öffnen?"

„Aber nur, wenn du mir nun von dir erzählst!"

„Mein Sommer war ganz anders. Ich habe bis einige Tage vor dem Beginn des Studiums gearbeitet und bin dann hierher gekommen. Die

Wohnung hat mir eine Freundin überlassen, die zu ihrem Freund gezogen ist. Eigentlich wohne ich illegal hier."

„Das interessiert sowieso niemanden. Solange Miete, Strom und Wasser bezahlt werden und du, weshalb auch immer, nicht auffällst. Wo hast du gearbeitet?"

„Ich habe Goldschmied gelernt und dann in diesem Beruf den Abschluss als Meister erworben. Meine Eltern, jetzt komme ich auf eines meiner Kindheitsmuster zu sprechen, meinten, studieren, egal was, könnte ich noch immer. Doch erst sollte ich einen ordentlichen Beruf erlernen. Dann kann ich mich notfalls auch alleine versorgen."

„Das nennt man dann wohl sehr lebenspraktische Ansichten."

„Ja, meine Alten sind schon ganz in Ordnung!"

„Wurdest du gleich nach der ersten Bewerbung an der Hochschule angenommen?", wollte Johannes wissen.

„Nein, du weißt ja, gute Dinge werden erst nach mindestens drei Versuchen etwas."

„Erzähle mir von der Arbeit eines Goldschmiedes!", forderte Johannes Anna auf.

„Ich meine, das sollte ich machen, wenn wir wieder einmal zusammen kommen."

„Gut, dann lade ich dich, den Termin kannst

du bestimmen, zu mir ein."

*

Der Maler Hans Meierhof erinnerte sich daran, dass Anna den Kunststudenten Johannes Meierhofer zwei oder drei Wochen nach diesem Abend besuchte.

Er erinnerte sich auch daran, dass Johannes gekocht hatte, ein Geflügelgericht, und Anna den Wein besorgte. Und dann erklärte sie ihm an diesem Abend die Arbeit eines Goldschmiedes.

Hans Meierhof erinnerte sich auch daran, dass sich Johannes Meierhofer und Anna nach diesem Abend in Johannes' Wohnung sehr oft sahen und auch trafen. Manchmal auch nur, um eine Tasse Kaffee gemeinsam zu trinken.

Einige Male auch, um gemeinsam zu kochen und zu essen...

4

In der ersten und zweiten Dezemberwoche wurden in einer Ausstellung Arbeiten veröffentlicht, die von den Studenten nach dem alljährlichen Sommerpraktikum geschaffen worden waren.

Die Bilder des Johannes Meierhofer provozierten. Das war von ihm auch beabsichtigt. Eine Kommission bescheinigte ihm handwerkliche Solidität und künstlerische Qualität, allerdings völliges Versagen bei der „Umsetzung der politischen Aussage" über die „Aufgabe der Arbeiterklasse im Produktionsprozess".

Er wehrte sich gegen diese Beurteilung und dagegen, dass seine Bilder nicht weiter gezeigt werden sollten.

„Sehen Sie, junger Mann, bitte ein, es ist sicher sehr richtig, in vielen unserer Werke und Fabriken sind die Produktionsverhältnisse zu verbessern. Das wissen die verantwortlichen Genossen sehr genau. Aber dennoch ist es nicht gut, bekannte Unzulänglichkeiten darzustellen!", sagte ein Mitglied der Kommission.

Und ein anderer ergänzte:

„Wir sind Optimisten und glauben an den Sieg unserer Idee. Wir müssen vorwärts denken, das Ziel weist den Weg! Auf diesem Weg müssen wir Unzulänglichkeiten zwar erkennen! Aber auch nicht immer darauf hinweisen. Wir müssen optimistisch diesen Weg zum Ziel und zum Sieg unserer Sache beschreiten!"

„Aber", erwiderte Johannes, „wir sollen die Realität darstellen. Nur darum habe ich mich bemüht. Und, was ist daran verwerflich, Missstände aufzuzeigen? Sicher nur allein die Tatsache, dass es die gibt und ich darauf aufmerksam machte!"

Die Bilder wurden aus der Ausstellung entfernt und Johannes Meierhofer hatte einige Tage danach ein länger währendes Gespräch mit Professor Almich.

„Johannes", sagte der Professor, „ich bin davon überzeugt, Sie verfügen über umfangreiche handwerkliche und künstlerische Fähigkeiten. Weitaus mehr als viele Ihrer Kommilitonen. Nutzen Sie, bitte, ausdrücklich bitte ich Sie darum, die nächsten zwei Jahre dazu, um diese Fähigkeiten und Fertigkeiten zu schulen und zu festigen. Vermeiden Sie Konfrontationen! Arbeiten Sie daran, diese Akademie mit dem für Sie bestmöglichen

Abschluss zu verlassen! Was Sie in Ihrem privaten Atelier malen, das ist Ihre Sache!"

„Und die Wahrheit, die Realität, die zu zeigen wir aufgefordert werden...?"

„...ist leider nicht die Realität, die gewünscht wird. Und, Johannes, das sollen Sie unbedingt wissen, ich kann mich mit Ihren Bildern, die in der Ausstellung zu sehen waren, sehr identifizieren. Ich habe mich, Ihnen sage ich das, sehr darum bemüht, dass sie weiterhin gezeigt werden... Aber die meisten meiner Kollegen waren anderer Meinung!"

„Danke", sagte Johannes am Ende dieses Gespräches im privaten Atelier von Professor Almich, auch irgendwo über den Dächern der Stadt...

„Weißt du, Johannes, Recht haben und Recht bekommen, das sind zwei Dinge, die soweit voneinander entfernt sind, wie die Sonne vom Mond", erklärte ihm Anna, nachdem er in ihre Wohnung, mitten im Szeneviertel der Stadt, gefahren war und dort von dem Gespräch mit Professor Almich berichtet hatte.

Johannes stand am Fenster in Annas Zimmer und sah in die vorweihnachtliche Dunkelheit. Die Kerzen in dem handgeschmiedeten Leuchter waren nahezu abgebrannt. Johannes hörte im Raum ein leises Geräusch.

Er drehte sich um und sah, wie Anna ihm sehr langsam entgegen kam. Sie legte einen Arm in seinen Nacken und flüsterte in Johannes' Ohr:

„Jetzt, komm!"

Anna nahm seine Hand und führte ihn in das winzige Nebenzimmer und so groß, dass nur ein Bett, Annas Schlafstatt, darin Platz hatte. Johannes folgte ihr ohne Widerstand.

Später versuchte Anna, ihren Arm, auf dem Johannes eingeschlafen war, hervor zu ziehen und flüsterte sehr leise:

„Bemerkenswert, dass Männer danach immer sofort einschlafen!"

„Warte einen Moment", sagte sie zu ihm, als Johannes aufwachte.

Dann nahm Anna die Decke, die auf den Fußboden gerutscht war, legte sie über Johannes und sich und flüsterte ihm ins Ohr:

„Das sollten wir öfter tun."

*

Am nächsten Tag, es war ein Sonnabend, das war dem Maler Hans Meierhof noch sehr gegenwärtig, gingen Anna und Johannes nach dem Frühstück sehr lange in der Stadt spazieren. Auch den Abend dieses Tages und die Nacht zum Sonntag verbrachten beide miteinander. Allerdings konnte er sich nicht mehr daran erinnern, worüber sie gesprochen hatten. Er wusste nur noch, es war ein sehr schönes und angenehmes Wochenende.

Allerdings konnte er sich daran erinnern, dass beide, Johannes und Anna, sich versprachen, einander nicht einengen zu wollen.

Damals, an diesem Wochenende kannte Johannes Meierhofer noch nicht Annas Geheimnis. Er sollte erst sehr viel später davon erfahren...

*

Am Nachmittag ihres zweiten gemeinsamen Tages sagte Johannes zu Anna:

„Ich werde jetzt in meine Wohnung gehen! Es sind noch einige Dinge zu erledigen, aufräumen und Briefe schreiben."

*

Hans Meierhof hatte erneut sein Glas mit Rotwein gefüllt, weil er das Verlangen hatte, an diesem Abend, der bereits der Nacht gewichen war, weinselig sein Bett zu erreichen.

Er wusste zu genau, schließlich kannte er sein ganzes Leben, er musste diesen Zustand heute erreichen.

Sonst würde er eine sehr unruhige Nacht

erleben.

Hans Meierhof kuschelte sich wieder in seine dicke Strickjacke ein und sagte sehr leise:

„Ach, Anna".

*

Johannes und Anna verbrachten nach diesem ersten gemeinsamen Wochenende sehr viel Zeit miteinander.

Sie besprachen die unterschiedlichsten Dinge, gingen spazieren und auch in Ausstellungen.

Sie liebten und sie stritten sich. Eines Tages im Frühjahr, die Kastanien blühten bereits, klingelte Anna an der Tür von Johannes' Wohnung.

Es wurde nicht geöffnet.

Anna setzte sich auf die Treppe und begann zu warten. Nach einer halben Stunde öffnete sie die Flasche Wein, welche für den heutigen Abend bestimmt war.

Als Johannes die Treppe zu seiner Wohnung emporstieg, traf er Anna, auf den Stufen sitzend und schlafend, an. Er berührte sie sehr sacht, davon wachte Anna auf und sah Johannes erstaunt an.

„Was machst du denn hier?", fragte er.

Ohne ein Wort zu sagen, stand Anna auf, legte beide Arme um Johannes und sagte nur:

„Ich habe so auf dich gewartet. Es ist doch alles nur Lug und Betrug!"

Johannes öffnete die Tür zu seiner Wohnung und schob Anna sehr vorsichtig in den Flur und von dort in den Raum, den Johannes zum Wohnen und Schlafen, aber auch als Atelier nutzte.

„Was ist alles und was an all' dem ist Lug und Betrug, Anna?"
Obwohl Anna die für beide vorgesehene Flasche Wein allein auf den Treppenstufen vor Johannes' Wohnung ausgetrunken hatte, war sie nicht betrunken.

„Ich muss mit dir über einige Dinge reden!"

„Nanu, wir haben bereits so unendlich viel miteinander besprochen. Was bedrückt dich denn?"

„Ich glaube, ich werde noch verrückt!"

„Das wäre aber nicht schön und muss deshalb auch nicht sein. Weshalb sollte das geschehen?"

„Eigentlich wird doch hier...wie soll ich es sagen? Ich meine... oder, besser, ich habe den Eindruck, wir werden hier alle für blöd gehalten. Oder, um es noch eindringlicher zu formulieren, nicht nur wir hier an der Akademie, das gesamte Volk in diesem Land wird zielgerichtet verschaukelt."

„Das musst du mir genauer erklären!"

„Ich bin zwar erst einige Monate an der Akademie. Aber dieses Gequatsche und Gedröhne darüber, dass der Sinn unseres Kunststudiums der Umsetzung des Kampfauftrages der Partei dienen soll und wir dazu ausgebildet werden, um den Klassenkampf zu unterstützen... All' solches Gequassel! Sollen wir denn die Haus- und Hofkünstler von... ach, was weiß ich, von wessen Gnaden werden?"

„Ja, Anna! Genau das wird von uns erwartet!"

„Und wie kommst du damit zurecht?"

„Ich betrachte diese Ausbildung, und ich meine ausdrücklich die künstlerisch-handwerkliche Ausbildung so, dass ich etwas für mich lerne!"

„Aber gibt es denn, außer diesem sozialistischen Realismus, der uns hier beinahe täglich propagiert wird, nichts anderes? Soll ich denn nach meinem Studium in jedes Schmuckstück, das ich dann anfertigen werde, einen roten Stern einarbeiten? Oder in jedes Bild?"

„Doch, es gibt etwas anderes. Nur, das Andere passt nicht zu der Ideologie dieser Gesellschaft, in der wir leben. Das wissen wir, zumindest du und ich, sehr genau. Und der erste Schritt, um etwas zu verändern, ist doch der, zu erkennen, was einer Veränderung bedarf."

„Ach, Johannes!", Anna stand auf, ging um

den Tisch und setzte sich auf Johannes` Schoß,

„Wie soll das nur werden, wenn du im nächsten Jahr dein Studium beenden und irgendwo deine Bilder malen wirst?"

„Soweit denke ich noch nicht voraus."

„Ich glaube, Frauen sind da anders veranlagt, jedenfalls die, die ich kenne!", erwiderte Anna.

„Und wie viele Frauen kennst du?"

„Einige sind das schon, so ungefähr zweimal die Hälfte!"

„Na, vielleicht lernst du auch irgendwann eine kennen, die anders ist? So, nun noch einige Worte zu deinem Problem, Anna!"

„Erzähle!"

„Sicherlich ist es so, dass wir, egal an welcher künstlerischen Hochschule im Lande die Studien erfolgen, dazu angehalten werden, die Interessen dieser Gesellschaft zu verdeutlichen. Ob wir das dann später einmal mehr oder weniger deutlich machen, das ist eine andere Sache. Du weißt, was von dir erwartet wird. Du weißt aber auch, es gibt noch viel, viel mehr. Nämlich das, was nicht erwähnt wird."

„Ja!"

„Und ich meine, du bist durchaus in der Lage zu erkennen, wann dir etwas vorenthalten wird. Dann beschäftige dich damit, sobald es deine Zeit erlaubt. Manchmal ist es aber auch so, bestimmte   Kunstrichtungen   oder

Kunstauffassungen werden als sogenannte ‚bürgerlich dekadente Einstellung' abgetan. Dann hast du bereits einen Hinweis auf das, was dich noch interessieren könnte und sollte!"

Johannes ging in die Küche, um Wein und Gläser zu holen. Als er in das Zimmer zurück kam, lag Anna in seinem Bett. Sie hatte eine Kerze angezündet und in einiger Entfernung von der Matratze, die Johannes als Bettstatt nutzte, aufgestellt.

„Den Wein können wir auch im Bett trinken!"

„Wann? Davor oder danach?"

„Meinetwegen auch dabei. Und jetzt komm! Komm schnell zu mir!"

5

Während des fünften Studienjahres an der Akademie wurde den Studenten drei Monate Zeit eingeräumt, um ein Bild und einen Grafikzyklus, bestehend aus mindestens drei Motiven, zu erarbeiten.
Die Technik, in der diese grafischen Arbeiten auszuführen wurden, konnte frei gewählt werden.
Johannes entschied sich dafür, Kaltnadelradierungen anzufertigen.

Professor Almich hatte in der ihm eigenen Weise sehr darum gebeten, ihm keine Sorgen zu bereiten. Nach dem Ende des letzten Malkurses im vierten Studienjahr bat er Johannes zu einem Gespräch.

„Johannes, Sie wissen, ich schätze Sie und ihre Arbeiten. Versuchen Sie bitte den inhaltlichen Anforderungen gerecht zu werden, die an ein Diplombild gestellt werden. Ich weiß, Sie sind ein sehr guter bildkünstlerischer Handwerker. Und bedenken Sie, der offiziell beurkundete Abschluss, den Ihnen diese Akademie erteilen möchte, ist für Ihr weiteres Schaffen sehr wichtig. Ich meine damit, irgendwann möchten Sie vielleicht auch den einen oder anderen öffentlichen Auftrag erhalten. Der erfolgreiche Abschluss Ihres Studiums wird dabei, ich weiß, wovon ich spreche, in jedem Fall nicht unberücksichtigt bleiben!"

„Also meinen Sie, ich soll..."
Professor Almich unterbrach Johannes:

„Malen und radieren Sie das, was man sehen will! Das kann doch nicht so schwer sein. Manchmal muss man auch Dinge wider die eigene Einstellung tun!"

„Ich werde mich bemühen."

„Und noch ein Hinweis, Johannes! Sie können mich jederzeit um Rat fragen. Ich möchte, dass Sie Ihre Ausbildung an dieser Schule ordentlich beenden."

„Danke, Herr Professor!"

*

Johannes hatte im Mai einen Brief an Frau Gau geschrieben. Er wollte sich ab Anfang August bis Ende September auf Rügen aufhalten und an den Inhalten seiner Diplomarbeit arbeiten. Skizzen sollten angefertigt werden, erste Studien entstehen und vielleicht, die Konzeption für das Diplombild. Eine ungefähre Vorstellung darüber bewegte ihn, seitdem ihm das Schicksal von Alfred und Matthias Gau bekannt war.

„Vielleicht ist es Ihnen möglich, für mich eine Bleibe zu finden, in der ich ungestört arbeiten kann. In meinem Gepäck werden sich viele der von mir benötigten Arbeitsmaterialien befinden..." schrieb Johannes in dem Brief an Frau Gau.

Dann, ungefähr drei Wochen später, bekam er Antwort auf seinen Brief.

„Johannes", so schrieb Frau Gau, *„ich freue mich auf Ihren Besuch. Und ich kann auch verstehen, dass Sie ungestört arbeiten möchten. Das wird in meinem Haus bestimmt nicht möglich sein. Im August kommt meine Tochter mit ihren Kindern. An den Wochenenden ist dann auch noch mein Schwiegersohn da. Der ist sowieso etwas eigenartig. Am Ende vom Dorf hat mein Mann auf dem Grundstück seiner verstorbenen Tante vor einigen Jahren den Bungalow gebaut. Den vermieten wir immer an Feriengäste. Aber wenn Sie nun kommen möchten, dann reserviere ich für Sie das Haus... Und Besuch können Sie auch haben. Rufen Sie bei Peter in der Dorfgaststätte an. Er ist unter der Nummer 325 zu erreichen und sagt es mir dann..."*

Johannes tat das, was Frau Gau ihm vorgeschlagen hatte und fuhr am 30. Juli 1976 nach Bobbin auf Rügen. Er hatte Anna von dieser Reise berichtet und ihr auch die Telefonnummer des dicken Peter aus der Dorfgaststätte und die Adresse von Frau Gau gegeben.

Am Abend vor seiner Abreise aus der Stadt hatte Anna wieder Zwiebelsuppe gekocht. Beim Essen hörten sie wieder die Lieder von Georges Moustaki. Am nächsten Morgen brachte Anna ihn zum Bahnhof. Sie wartete jedoch nicht solange, bis der Zug mit Johannes abfuhr, sondern ging, als beide auf dem Bahnsteig Johannes' Gepäck abgestellt hatten.

„Ich mag Abschiede auf Bahnhöfen nicht", sagte Anna.

Vier Wochen später, Ende August, als Johannes vom Strand kam, saß Anna auf der Bank vor dem Bungalow, in den ihn Frau Gau einquartiert hatte.

Johannes hatte Annas Besuch nicht erwartet. Nicht zu diesem Zeitpunkt.

Gehofft hatte Johannes aber immer, Anna würde nach Rügen kommen. Doch nun war Anna da. Ohne Vorankündigung.

Sie saß auf der Bank und erwartete Johannes mit

dem glücklichsten Lachen der Welt...

So selbstbewusst, als wäre es die natürlichste Sache der Welt, dort zu sitzen und auf Johannes zu warten. Als sie ihn kommen sah, stand sie auf, lief ihm entgegen und sagte:

„Ich möchte nie wieder von diesem Ort und von dir wegfahren." Anna legte ihre Arme um Johannes und schmiegte sich an ihn, als sie sagte:

„Du duftest nach Meer und nach Strand und ein bisschen nach Mann. Aber nur ein bisschen."

„Wie viel Zeit hast du für uns?", fragte Johannes.

„Eigentlich alle Zeit. Aber irgendwann wird die Zeit aufgebraucht sein. Aber wann, das weiß ich nicht. Noch nicht."

„Egal, nun bist du da."

Johannes hatte am Morgen des Tages, an dem Anna ihn besuchen kam, einige Fische besorgt. Er kochte auf dem kleinen Herd mit der großen und kleinen Heizplatte eine Fischsuppe. Als das Gemüse gar und die Fische gereinigt und in Portionsstücke geschnitten waren, sagte er zu Anna:

„Ich gehe für uns Wein besorgen. In einer Viertelstunde legst du, bitte, den Fisch in die Suppe. Er soll aber nicht kochen, nur in dem heißen Wasser liegen. In einer halben Stunde bin ich wieder da!"

„Hat die junge Frau dich angetroffen?", fragte der dicke Peter.

„Das siehst du doch. Der strahlt ja über alle vier Backen", sagte Heinzi, der mit Jochen und Kurt wieder am Tresen hockte.

„Aber für ein Schnäpschen in Ehren hast du doch Zeit?", fragte Jochen.

„Aber nur für eins, Männer", antwortete Johannes.

Peter kramte die Schnapsflasche unter der Theke hervor, stellte für Johannes und sich zwei Gläser auf die Holzplatte und goss allen ein. Heinzi, Jochen und Kurt hoben die gefüllten Gläser, nickten Peter und Johannes zu und gossen den Schnaps in ihre Kehlen. Johannes und Peter taten es ebenso.

„Peter, hast du für mich zwei Flaschen Wein, vielleicht vom Grünen Veltiner?", fragte Johannes.

„Was ist denn das?"

„Weißwein?"

„So 'was kenne ich nicht. Du kannst ja im Keller nachsehen. Aber vorsichtig, die Treppe ist eng und die Lampe hat einen Wackler."

Als Johannes die enge und steile fünfstufige Treppe in den Keller hinabgestiegen war, mussten sich seine Augen erst an das Halbdunkel gewöhnen.

Dann entdeckte er in einer Ecke mehrere Pappkartons. Als Johannes die Kartons berührte, bemerkte er, die Pappe war sehr feucht. Vorsichtig gelang es ihm, einen der Kartons zu öffnen und eine Flasche zu entnehmen.

Er ging zu der schwach schimmernden Kellerlampe und glaubte zu träumen, als er las, was auf dem Etikett stand. Denn in dem Pappkarton lagerte nicht Grüner Veltliner, sondern Weißer Bordeaux!

Johannes nahm eine weitere Flasche aus dem Karton, stieg die Treppe empor und löschte das Licht.

„Du, Peter, Veltiner habe ich nicht gefunden. Aber ich denke dieser Wein hier tut's auch", sagte er zum dicken Wirt.

„Na, wenn du meinst!"

„Was bekommst du für die zwei Flaschen Wein von mir?"

„Nimm' sie mit, das trinkt hier sowieso keiner. Und wo die herkommen, weiß ich auch nicht. Und ehe sie vergammeln, habt ihr damit einen schönen Abend. Ich schenke sie dir!"

„Danke, Peter!"

„Und mach die Lütte nicht besoffen, das ist dann anschließend auch nicht schön", rief Jochen Johannes nach, als der die Kneipe verließ.

Anna hatte, so wie es ihr von Johannes aufgetragen worden war, in der Zwischenzeit den Fisch in den Sud gelegt und auch bereits den Tisch auf der kleinen Terrasse vor dem Haus für das Abendessen vorbereitet. Eine Kerze hatte sie ebenfalls in ein Windlicht gestellt und angezündet.

Johannes schmeckte die Fischsuppe mit sehr wenig Pfeffer und einer Prise Salz ab und füllte sie dann in eine Terrine. Er sagte zu Anna:
„Ich bin so froh darüber, dass du bei mir bist. Lass uns einen schönen Abend und noch mehr schöne Tage haben!"

Anna ging zu ihm und legte ihren Kopf an seine Schulter. Nach einigen Augenblicken meinte sie:
„Komm', die Suppe wird kalt! Du hast dir mit dem Kochen sehr viel Mühe gegeben!"
„Woher weißt du das?"
„Weil ich schon gekostet habe!"
„Ach so, eine Naschkatze bist du auch. Das habe ich noch gar nicht gewusst!"

Johannes und Anna erlebten unbeschwerte Tage auf der Insel. Am Tag, nach dem Frühstück, zeichneten oder malten sie. Oder gingen zum Strand. Oder saßen im Garten und blickten den Wolken nach.

An einem Abend, es war schon beinahe Nacht, gingen sie nochmals an den Strand. Das war damals nicht ungefährlich. Die gesamte Ostseeküste, also auch die der Insel Rügen, war zum Grenzgebiet erklärt worden. Und die Gesetze legten fest, dass der Aufenthalt am Strand der Ostsee nur ab eine Stunde vor Sonnenaufgang bis eine Stunde nach Sonnenuntergang erlaubt war...

Doch Johannes und Anna badeten, saßen im noch warmen Sand und beobachteten die Wellen...

*

Später, viele Jahre später, als sich Johannes Meierhofer bereits Hans Meierhof nannte, wurde ihm bewusst, ihre gemeinsame Tochter Hilke war nach diesem Abend am Strand entstanden.

Und ebenfalls später hörte der Maler Hans Meierhof das Lied „Nightswimming" der amerikanischen Rockgruppe R.E.M. und erinnerte sich sofort an den Abend am Strand auf Rügen mit Anna.

Als er sich dann, das neue Jahrtausend war bereits drei oder vier Jahre alt, ein Buch über R.E.M. kaufte, konnte er einige Bemerkungen, die zu diesem Lied aufgeschrieben waren, lesen. Und er meinte, es sei ähnlich dem aufgeschrieben, wie er es mit Anna erlebt hatte:

„...Im Text blickt Stipe liebevoll, wenn vielleicht auch nicht ohne Bedauern auf die hedonistischen Tage zurück, in denen die Partyszene nächtliche Ausflüge zum Ball Pump unternahm, einem See bei Athens, um dort zu schwimmen. Es war der Song einer Band, die nun die dreißig überschritten hatte und sich in der Übergangsphase befand, wo man weder jung noch alt ist. Sie verabschiedete sich damit von ihrer Jugend und von der weniger komplizierten Welt, die sie noch vor zehn Jahren kannte..."

„Nun ja", sagte der Maler Hans Meierhof, als er an diesem Abend auf der Terrasse seines Hauses saß, „zwar waren Anna und ich damals noch nicht dreißig Jahre alt, aber dennoch haben wir es ähnlich gefühlt..."

Jedoch, ob Anna und er damals auf Rügen die Lust als hohes Maß der Glückseligkeit und für gutes Leben empfanden und danach suchten, wie die Lehren des Hedonismus es vermitteln, daran wollte Hans Meierhof nicht glauben.

Eher war es so, Anna und Johannes erlebten eine unbeschwerte Zeit, fernab jedweder Konventionen. Sie waren nur für sich und den Tag verantwortlich.

Und, so meinte der Maler Hans Meierhof nach den vielen Jahren, ein bisschen frei in einer von Normen und Verhaltensregeln geprägten Gesellschaft. Und er erinnerte sich daran, jemand, allerdings in einem anderen Zusammenhang, hatte einmal gesagt, es gibt in jedem Leben Momente, die gleich denen sind, die ein anderes Leben erfahren hat...

*

Johannes Meierhofer hatte während der ersten Tage, als er erneut auf Rügen war, noch einmal darüber nachgedacht, welchem Thema er sein Diplombild widmen wollte. Vielleicht waren es auch zwei Wochen, die er dazu benötigte, um den für ihn bedeutenden Entschluss zu fassen.

Doch dann, es war einige Tage, bevor Anna auf der Bank vor dem Bungalow saß, wusste er endgültig, den Unfall von Alfred und Matthias Gau, den Tod im Eis, wollte er malen.

Er ging einen Tag bevor Anna kam, zum Pfarrer der St. Pauli Kirche und besuchte vorher den Bobbiner Friedhof, auf dem die beiden Männer beerdigt waren.

Der Pfarrer, ein Mann, etwa zehn Jahre älter als Johannes, erklärte ihm gern und ausführlich das Geschehen an jenem 25. Januar 1973. Johannes wollte dieses Unglück im Eis darstellen, nicht nur weil er meinte, auch der Tod gehöre zum Leben.

Nachdem er, etwas mehr als ein Jahr und drei Monate waren seitdem vergangen, in dem Werk die unzureichenden Arbeitsbedingungen kennengelernt hatte, die jederzeit zu einem Unfall führen konnten, war es ihm nicht möglich, den „...täglichen Kampf unserer fleißigen Werktätigen um die Erfüllung der Planvorgaben...", zu dokumentieren.

Aber, keineswegs wollte er sich mit seinem Bild in die Reihen systemkritischer Protestler einreihen, so sehr er deren Mut und Bereitschaft, für Veränderungen einzutreten, schätzte.

Johannes wollte die Leistung von Alfred und Matthias Gau in seinem Bild darstellen und würdigen. Er hoffte, Professor Almich davon zu überzeugen. Aber noch mehr hoffte er, die Prüfungskommission akzeptierte seine Arbeit. Aber bis dahin sollte es noch ein weiter Weg sein...

Johannes berichtete dem Pfarrer über seinen Aufenthalt in dem Werk und über die Zurechtweisung wegen seiner Bilder, die er nach der Aufenthalt in der Fabrik gemalt und veröffentlicht hatte.

„Herr Meierhofer, ich bin gern bereit, Ihnen zu helfen, das Emotionale dieses Bildes mit Ihnen zu besprechen. Malen müssen Sie es aber alleine", sagte der Pfarrer.

„Nun, das Handwerk dazu habe ich gelernt!"

„Übrigens, sehen Sie sich die Strandbilder, sollten Sie dazu Gelegenheit haben, des Otto Niemeyer-Holstein an. Nehmen Sie die Stimmung dieser Bilder und Grafiken auf. Vielleicht können Sie einiges davon weiterführen?"

Johannes erarbeitete Kompositionsskizzen für sein Bild, er fuhr allein und dann mit Anna und dann wieder allein, an den Strand, wo die beiden Männer verunglückten.

Mit Anna hat er nie über dieses Bild gesprochen. Denn er meinte, das wäre nicht gut und würde dem Gelingen der Arbeit hinderlich sein. Anna fragte ihn auch nie danach.

*

Der Maler Hans Meierhof glaubte nun, Jahre nach diesen Tagen mit Anna in Bobbin, zu ahnen, für sie war nur das Glück, mit Johannes Meierhofer zusammen sein zu können, wichtig. Und er war sich ziemlich sicher, mit dieser Meinung sehr nahe an der Wahrheit zu sein...

*

Johannes begleitete Anna am Mittwoch, dem 15. September, zu der Wellblechhütte, die in der Mitte des Dorfes stand und als Wartehäuschen bis zum Eintreffen des Linienbusses genutzt wurde.

„Du weißt, ich mag Abschiede auf Bahnhöfen nicht", sagte Anna, „und noch weniger mag ich so etwas in klapprigen Blechhütten!"

Johannes streichelte Anna über das Gesicht. Dann ging er die Dorfstraße, ohne sich umzusehen, zu dem Bungalow zurück.

Johannes verließ Rügen am Donnerstag, dem 23. September und fuhr zunächst mit dem Bus nach Bergen und dann weiter mit dem Zug.

Er wollte noch einige Tage, bevor er am 05. Oktober, einem Dienstag, Professor Almich die Arbeitsergebnisse seines Aufenthalt auf Rügen vorlegte, in seiner Wohnung sein.

Vielleicht würde er auch ein schönes Wochenende mit Anna erleben. Als der Zug auf dem Bahnhof der Stadt hielt, in der seine Eltern wohnten, überlegte Johannes einige Augenblicke, ob er aussteigen sollte. Er könnte sie für einen oder zwei Tage besuchen. Doch er blieb sitzen und als der Zug wieder anfuhr, hatte er diesen Gedanken bereits wieder verdrängt. Zu tief saß in ihm noch die Erinnerung an den Streit im vergangenen Jahr.

Johannes war nicht nachtragend, konnte aber Dinge nicht vergessen.

„Das lege ich in eine Schublade. Und wenn ich die Lade dann geschlossen habe, weiß ich, immer ist da noch etwas 'drin", hatte er einem Freund sein Verhalten erklärt. Der war erstaunt darüber, wenn Johannes sich mitunter noch an das Datum und teilweise auch an Details längst vergangener Begebenheiten erinnern konnte.

Dennoch war Johannes in den zurückliegenden Monaten zwei Mal bei seinen Eltern gewesen. Sie hatten gemeinsam das Weihnachtsfest verlebt, da gab es keine Auseinandersetzungen.

Doch als er, irgendwann im Frühjahr, noch einmal seine Mutter und seinen Vater besuchte, zogen nach zwei Tagen bereits dunkle Stimmungen auf und Johannes verließ am Morgen des dritten Tages die elterliche Stadt.

Während der Zeit, als Johannes auf Rügen war, hatte er einem Freund, der in die Stadt gekommen war, ermöglicht, in seiner Wohnung zu leben.

„Zwei Monate müssten ausreichend Zeit sein, um für dich eine eigene Wohnung zu finden", meinte Johannes, als er seinem Freund den Zweitschlüssel für die Wohnung übergab.

„Ich denke, das ist mehr, als ich von dir erwarten konnte!"

Auf dem Tisch in seinem Wohnatelier fand Johannes die für ihn bestimmte Post, sortiert nach Monaten und eine Notiz:

„Danke dafür, dass ich bei dir wohnen konnte. Ich melde mich in den nächsten Tagen und bringe roten Wein mit!"

Später, nach Einbruch der Dunkelheit, trat er an das Fenster. Vielleicht konnte er in Annas Wohnung Licht sehen. Doch hinter den betreffenden beiden Fenstern, etwa zweihundert und fünfzig Meter entfernt, war es dunkel. Und es blieb auch an diesem Abend so.

„Vielleicht trifft sie sich mit Freunden oder ist zu ihren Eltern gefahren.", sagte Johannes, „ich hatte ja meine Rückkehr auch nicht stundengenau festgelegt."

*

Am Freitag ging Johannes zu Annas Wohnung und als ihm nach dem Klingeln nicht geöffnet wurde, fragte er die Nachbarin, eine ältere und sehr einfache Frau, ob sie wüsste, wo Anna sein könnte.

„Det kann ick Sie nich sagen, junger Mann. Det Frolleinchen ha' ick heute nich jeseh'n. Und jestern och nich. Aba neulich, da war se noch da!"

„Wann, neulich?"

„Na, so vor eene Woche, glob ick."

„Danke!", sagte Johannes, „dann ist Anna zumindest wieder in der Stadt angekommen!"

Aber das hörte die Frau nicht, Johannes ging bereits die Treppe hinunter.

Johannes war nicht bekannt, wo Annas Freunde und Bekannte wohnten. Sie trafen sich zwar manchmal mit dem Einen oder auch der Anderen. Das war aber nie in deren Wohnungen gewesen. Wenn die Zusammenkünfte nicht in Kneipen stattfanden, was einige Male geschehen war, dann hatte Annas sie in ihre Wohnung eingeladen.

So wusste Johannes auch nicht, wo er Anna suchen sollte.

Zur Polizei gehen wollte er nicht, noch nicht. Einerseits konnte er nicht glaubhaft nachweisen, welche Beziehung er zu Anna hatte und andererseits wollte er kein Aufsehen erregen, vielleicht klärte sich alles noch zum Guten.

Johannes ging in seine Wohnung, die er dann während dieses Wochenendes nicht mehr verließ.

Ebenso, wie es ihm möglich war, bestimmte Ereignisse in Schubladen zu legen, ohne zu vergessen, konnte er Zeiten überbrücken und sich dabei nicht mit ungeklärten Problemen beschäftigen.

„Was soll ich mich mit Dingen belasten, die ich nicht allein klären kann, jedenfalls nicht zum gegenwärtigen Zeitpunkt?", sagte er leise, „An meiner Liebe zu Anna ändert sich dadurch überhaupt nichts."

Nachdem er sich am Montagvormittag im Büro für Studienangelegenheiten für das neue, sein fünftes Studienjahr, eingeschrieben hatte, fragte er die dort anwesende Sachbearbeiterin, eine junge Frau, mit der er im zweiten Semester manchmal Kaffee getrunken hatte:

„Hat Anna K... sich für das zweite Studienjahr eingeschrieben?"

„Du weißt nicht...?"

„Was?"

„Anna war, Moment, bitte..."

Die junge Frau ging und zog aus einem Regal eine dünne Akte hervor.

„Johannes! Anna hat sich exmatrikulieren lassen. Mehr kann ich dir nicht sagen, leider."

„Danke!" Johannes spürte, wie eine heiße Welle seinen Rücken entlang glitt. Dann verließ er das Büro.

„Warum?", fragte er sich, „Und warum hat sie mir nichts gesagt. Ihre Studienleistungen, soweit sie mir bekannt sind, waren doch nicht so schlecht, dass man ihr diesen Schritt empfohlen hätte."

Johannes trat aus dem Gebäude ins Freie, wo ihm eine immer noch wärmende Herbstsonne ins Gesicht schien. Er ging zur Straße und wollte nur weg. Weg und fort und in seine Wohnung. Auf dem Weg zur Straßenbahnhaltestelle begegnete er zwei Studentinnen, von denen er wusste, sie kennen Anna.

„Hallo, Johannes", sagten beide.

Johannes erwiderte den Gruß, vermied es aber, nach Anna zu fragen. Er hatte in den wenigen Minuten, seitdem er wusste, Anna war nicht mehr an der Hochschule, beschlossen, sich mit Professor Almich und nur mit ihm, zu beraten. Der Professor war für ihn eine neutrale Person mit einer liberalen Einstellung.

Johannes legte am nächsten Tag Professor Almich die künstlerischen Ergebnisse seines Aufenthaltes auf Rügen vor und erklärte ihm den Inhalt seines Diplombildes.

„Johannes, bemühen Sie sich darum, dieses Bild nicht zu theatralisch werden zu lassen. Malen Sie ein handwerklich gutes Bild, das eine Geschichte erzählt. Ohne Übertreibungen und ohne Pathos."

Professor Almich trat an das Fenster. Dann drehte er sich um und sagte:

„Ich glaube, das wird ein gutes Bild. Ich traue Ihnen das zumindest zu. Und die Grafiken?"

„Ich habe auf Rügen sehr viel vor der Landschaft gezeichnet. Ich möchte diese Landschaftsskizzen benutzen, um davon Kaltnadelradierungen anzufertigen!"

„In Ordnung", sagte Professor Almich und

trat wieder ans Fenster. Während er nach draußen und in den Park sah, sagte er:

„Ich habe Sie und Anna einige Male zusammen gesehen, nicht beobachtet. Ihr Privatleben geht mich nichts an. Sie verstehen mich?"

„Ja!"

„Anna konnte ich in den Zeichenseminaren unterrichten. Und ich glaube, sie hatte neben dem benötigten Talent auch eine weitere Eigenschaft. Sie war sehr, sehr fleißig. Aus ihr hätte auch eine gute Malerin werden können. Doch sie hatte sich für das Gestalterische entschieden."

„Herr Professor, warum hat Anna die Hochschule verlassen?"

„Nun, die genauen Gründe kenne ich nicht. Ehrlich und wirklich nicht. Sie hat private Dinge genannt, als sie um ihre Exmatrikulation nachsuchte. Ich hatte die Gelegenheit, mit Anna zu sprechen und ich kann Ihnen nur berichten, sie machte auf mich den Eindruck, als wüsste sie, was sie tut. Von Ihnen hat sie mir auch berichtet und von den Tagen auf Rügen..."

„Ist da was Politisches? Ich meine ein Ausreiseantrag oder...?"

„Dann hätte man sie mit Sicherheit, nun sagen wir es so, von Amts wegen der Schule verwiesen. Und Sie hätten bestimmt bereits eine Vorladung zu einem Gespräch mit besonderen Genossen erhalten. Nein, nein. Ich glaube, da waren wirklich irgendwelche ganz privaten Gründe, die sie veranlasst haben, diesen Schritt zu gehen. Sie, Johannes, waren doch mit Anna einige Tage auf Rügen zusammen. Konnten Sie nichts bemerken?"

„Nein!"

„Johannes", Professor Almich hatte sich neben Johannes gestellt und ihm die Hand auf die Schulter gelegt, „Johannes, es gibt Dinge zwischen Himmel und Erde, die können nicht erklärt werden. Obwohl darüber unsere Marxisten anderer Meinung sind. Das ist jetzt und hier aber nicht bedeutend."

Johannes sah Professor Almich an, als er weiter sagte:

„Oftmals ist es besser, die Gelassenheit zu besitzen, Dinge hinzunehmen, die man nicht ändern kann. Man sollte allerdings auch den Mut haben, Dinge zu ändern, die man ändern kann. Aber, und das vor allem, sollte man die Weisheit besitzen, das Eine vom Anderen zu unterscheiden."

„Ja, ich weiß, eine alte Weisheit der Indianer", erwiderte Johannes.

Dann trat Professor Almich wieder einen Schritt zurück und sagte:

„Johannes, ich werde Sie, vorausgesetzt, Sie bekommen das mit dem Bild und den Radierungen, nun sagen wir, in den Griff, für den ‚Pinsel' vorschlagen. Seien Sie bedrückt, aber vergessen Sie nicht, zu arbeiten. Ich sagte Ihnen bereits vor einigen Monaten, es lohnt sich!"

„Danke, Herr Professor! Darf ich jetzt gehen?"

„Ja. Ich möchte, dass Sie, etwa Ende Dezember, es kann auch Anfang Januar sein, mit den Vorzeichnungen für das Bild fertig sind. Und bis dahin sind auch die Radierungen fertig, die sollten im Januar gedruckt werden!"

„Kann ich das selber machen?"

„Nun, Albert, ich meine den Drucker, wird Ihnen dabei sicher mit Rat und Tat zur Seite stehen. Ich werde mit ihm reden."

„Danke!"

„Da will er mich für den Pinsel vorschlagen!", sagte Johannes, als er wieder in seiner Wohnung war.

*

Der „Pinsel", war eine an der Akademie hoch begehrte Auszeichnung.

Die wurde jenseits staatlicher Ehrungen von den Professoren verliehen, die damit bekundeten, der damit Bedachte ist in besonderer Weise geeignet, einer von ihnen zu werden...

Nach dem Gespräch mit Professor Almich spürte Johannes, in ihn waren Erwartungen gesetzt worden, die er nicht enttäuschen durfte. Er hatte nicht die Hoffnung, Anna wieder zu begegnen. Das spürte er. Auch, weil er nicht wusste, wo er sie suchen sollte. Und suchen wollte er Anna nicht. Private Dinge hatte er stets akzeptiert.

Allerdings wollte Johannes, und da war er sich sehr sicher, den in Aussicht gestellten ‚Pinsel' nicht als Äquivalent, als Ersatz schon gar nicht, als Ersatz für die verlorene Liebe erhalten.

Johannes Meierhofer beendete das Studium der Malerei und Grafik an der Akademie als einer der Besten seines Studienjahres und bekam den ‚Pinsel'.

„Wissen Sie, einige der Professores, nun, ich will es so sagen, einige der Professores, die eher ideologie-relevante Bilder favorisieren, hatten da so eigene Vorstellungen und verhielten sich bei dem Gespräch darüber, wer außer Ihnen den

‚Pinsel' bekommen soll, sehr zurückhaltend. Aber, Johannes, ich freue mich für Sie! Sehr willkommen in unserem Kreis!"

Das waren die letzten Worte, die Professor Almich zu Johannes sagte, spät am Abend, in der „Kornblume", in die er eingeladen hatte.

*

Nach dem erfolgreichen Abschluss seines Studiums kehrte Johannes nach Rügen zurück. Er hatte mit Frau Gau besprochen, dass er in dem Bungalow am Dorfrand wohnen und arbeiten durfte. Solange, bis er ein seinen Bedürfnissen entsprechendes Atelier gefunden hatte.

Dieses Angebot nahm Johannes sehr gern an, denn dieses kleine Haus war auch im Winter bewohnbar.

„Und notfalls können Sie im Winter auch in Matthias' Zimmer wohnen", hatte Frau Gau ihm angeboten.

Johannes machte von diesem Angebot nur einmal Gebrauch:
Seit Tagen deuteten im Januar, Anzeichen darauf hin, ein Schneesturm würde die Insel heimsuchen. Johannes hatte das kleine Haus, im Einverständnis mit Frau Gau so eingerichtet,

dass er malen, drucken und wohnen konnte. Er arbeitete an einem Bild, dass eine vereiste Winterlandschaft am Bodden zeigte, als Frau Gau an die Tür seiner Bleibe klopfte.

„Wissen Sie, Johannes, ich kann verstehen, Künstler benötigen unbedingt Abgeschiedenheit und Ruhe zum Arbeiten. Und, nebenbei gesagt, ich habe sehr großen Respekt davor, mit welcher Disziplin Sie Ihre Ziele verfolgen. Doch heute muss ich Ihnen sagen, es ist für Sie besser, wenn Sie zu mir ins Haus kommen. Und zwar sofort!", sagte Frau Gau, als Johannes sie herein gebeten hatte.

„Warum? Ich habe genug Vorräte, Holz ist ebenso ausreichend vorhanden. Und an das Wetter habe ich mich gewöhnt. Das beängstigt mich nicht. Nicht mehr!"

„Johannes, wir haben die Warnung vor einem Schneesturm! Und Sie kommen jetzt sofort mit mir ins Dorf!", sagte Frau Gau sehr bestimmt und energisch.

„Ich muss dieses Bild zum Abschluss bringen, es ist eine Auftragsarbeit. Am Abend komme ich zu Ihnen, versprochen!"

„Johannes, ich kenne Sie nun bereits einige Jahre. Aber noch länger kenne ich die Insel und das Wetter. Ich möchte nicht, dass Ihnen etwas passiert. Sie kommen sofort mit ins Dorf!"

Frau Gau hatte sich neben Johannes gestellt und

sah ihn an. In diesem Moment spürte Johannes, dass ihre Aufforderung endgültig und keinen weiteren Widerspruch duldete.

„Gut."

Und nach einigen Augenblicken sagte er:

„Ich reinige die Pinsel und packe einige Sachen, die ich in den nächsten Tagen benötige, zusammen. Vielleicht ist es besser so, wenn ich mit Ihnen komme!"

„In zehn Minuten gehen wir!", sagte Frau Gau.

Dann waren beide vor den Bungalow getreten und Johannes hatte die Tür sorgfältig verschlossen. Sie sahen in nord-östlicher Richtung eine bedrohliche blauschwarze Wolke, die sich schnell näherte und Frau Gau sagte:

„Kommen Sie, Johannes! Schnell!"

Als beide die Straße erreicht hatten, in der sich das Haus von Frau Gau befand, war der Wind zum Sturm geworden. Heftiger Schneefall hatte begonnen. Frau Gau ging hinter Johannes, der sich gegen den Sturm und das Schneetreiben stemmte. Im Flur ihres Hauses sagte Frau Gau zu Johannes:

„Und das ist nur der Anfang. Wir werden froh darüber sein, morgen früh nicht bis an die Traufe eingeschneit und zugeweht zu sein!"

„Es war gut, dass Sie mich zu Ihnen geholt haben! Danke!"

„Das denke ich auch! So, und nun koche ich Tee für uns. Bringen Sie Ihre Sachen nach oben. Sie kennen sich ja aus!"

*

Der Schneesturm im Januar tobte drei Tage und drei Nächte über die Insel.
Am Morgen des vierten Tages herrschte Windstille und am Vormittag stand eine weißgelbe Sonne niedrig am Himmel.
Johannes schippte den Schnee vor dem Haus von Frau Gau zur Seite. Dann war er den Nachbarn behilflich, die sich vor ihren Häusern durch Schneeberge kämpften, um die Straße zu erreichen.

„Ich denke, an Ihrem Bild können Sie wohl erst dann weiterarbeiten, wenn hier wieder alles klar ist", sagte Frau Gau am Abend dieses Tages zu Johannes.
Nach drei Tagen waren Schneepflüge bis Bobbin vorgedrungen und hatten die Dorfstraße beräumt.
Johannes wollte am nächsten Vormittag in seinem Bungalow nach dem Rechten sehen. Doch der Weg von der Dorfstraße zu seiner Bleibe war ebenso zugeweht wie das kleine

Haus. Johannes kehrte um und ging zu Frau Gau, die ihn in der Tür ihres Hauses erwartete.

„Irgendwann im Frühjahr hätte man sie mausetot aus Ihrem Atelier gezogen. Sie wären erstickt!"

„Das glaube ich Ihnen!"

„Bleiben Sie hier, bis sich die Verhältnisse normalisiert haben."

Johannes wohnte in diesem Winter bis Anfang März bei Frau Gau. Manchmal ging er in die Dorfkneipe und traf nur Heinzi, Jochen und Kurt an, die am Tresen in ihre Biergläser starrten. Einmal, es war der Abend vor seinem Geburtstag, fragte er den dicken Wirt, ob im Keller noch der Wein sei, den er damals, als Anna ihn auf der Insel besuchte, gefunden hatte.

„Müsste so sein. Sieh nach!"

Johannes stieg die wackelige Treppe in den Keller der Kneipe hinunter und entdeckte im gelblichen Licht der Deckenlampe die Pappkartons, sie standen noch immer so, wie er sie damals vorgefunden hatte. Er nahm zwei Flaschen von dem weißen Bordeaux und kehrte an die Theke zurück, ließ für die drei am Tresen, den dicken Peter und sich Schnaps eingießen, trank mit ihnen und als er den Wirt fragte, was er zu bezahlen hätte, sagte der dicke Peter:

„Gib mir zehn Mark. Das ist so in Ordnung."

Johannes bezahlte und als er auf der Straße stand, meinte er:

„Für zehn Mark bekommt man in einem guten Restaurant vielleicht ein Glas mit diesem Wein serviert. Na, mir soll das egal sein."

Am Abend seines Geburtstages saß er mit Frau Gau in der kleinen Küche ihres Hauses. Frau Gau hatte einen Fisch gekocht. „Sie müssen doch an diesen Geburtstag eine gute Erinnerung haben!"

Nach dem Essen ging Frau Gau in das Wohnzimmer und kam mit einem Aktenordner zurück in die Küche.

„Wissen Sie, Johannes", sagte sie und blickte ihn sehr feierlich an, „ich habe mit meiner Tochter gesprochen. Und wir haben beschlossen, Ihnen das Grundstück mit dem Bungalow, es ist übrigens Bodenreformland, zu schenken. Sie wissen, meine Tochter wohnt auswärts und hat mir berichtet, Sie sind ein guter und bekannter Maler geworden. Das möchten wir unterstützen und Ihnen ermöglichen, ein ordentliches und gemauertes Atelierhaus zu bauen. Meine Tochter hat kein Interesse an dem Grundstück. Und ich bin nun eine alte Frau geworden und gebe gerne mit warmer Hand. In der Akte ist die Schenkungsurkunde. Wenn Sie annehmen wollen, unterschreiben Sie die Urkunde!"

Johannes sah Frau Gau erstaunt an, die sich wieder an den Küchentisch gesetzt hatte.

„Das kann ich nicht annehmen, Frau Gau!"

„Doch, das werden Sie machen, Johannes!"

Johannes nahm den Aktenordner und begann, darin zu lesen.

„Und das wollen Sie für mich tun?"

„Meinen Sie, ich erzähle Ihnen hier irgendwelche Märchen?"

„Nein, nein! So meinte ich das nicht! Danke, Frau Gau!"

*

In den folgenden Jahren errichtete Johannes auf dem Grundstück ein Atelierhaus, dessen Mittelpunkt der Bungalow war.

Etwa ein Jahr, nachdem Johannes sein Studium beendet hatte, zwei Jahre, nachdem er mit Anna auf Rügen gewesen war, bekam er diesen Brief von Anna, den der Maler Hans Meierhof aus dem Pappkarton gekramt und zum wiederholten Male an dem Abend auf der Terrasse seines Hauses gelesen hatte.

Johannes legte den Brief, nachdem er ihn noch mehrere Male gelesen hatte, nach einigen

Tagen in einen Karton, in dem er alle seine privaten Dinge aufbewahrte.

*

Als im Sommer des Jahres 1989 begonnen wurde, Mauern zu entfernen und als diese dann im Spätherbst so durchlässig waren, dass an den Grenzen ähnliche Barrikaden nie mehr aufgebaut werden konnten, reiste Johannes Meierhofer in die Stadt, in der er seine künstlerische Ausbildung erhalten hatte...
Die war nun „...janz und gar eene Wolke...“

Er hatte vor einigen Wochen den Brief einer Galerie erhalten und wurde gebeten zu überlegen, ob eine Ausstellung seiner Bilder in der Stadt und in dieser Galerie für ihn interessant sein könnte.

6

„Wir organisieren das alles für Sie. Bringen Sie uns Ihre Bilder und Grafiken. Und hier ist der Vertrag. Schicken Sie ein Exemplar zurück!", sagte der Inhaber der Galerie.

„Aber, eine Frage habe ich noch", entgegnete Johannes.

„Ja, bitte."

„Wer hat Sie auf mich aufmerksam gemacht?"

„Ich bin Stefan Almich. Sie haben bei meinem Vater an der Akademie studiert!"

„Es sind doch eigenwillige Wege, die das Leben für jeden von uns bereit hält", antwortete Johannes.

„Herr Meierhofer, ich habe da noch eine Frage."

„Ja, bitte, fragen Sie!"

„Nun, ja", der junge Mann suchte nach Worten, „verstehen Sie mich nicht falsch..."

„Aber?"

„Manchmal ist es, so meine ich, besser, Veränderungen, äh, ich meine, Änderungen sind oft..."

„Was meinen Sie?"

„Sie haben einen sehr schönen Namen. Johannes Meierhofer. Das klingt sehr lyrisch..."

„Und nun?"

„Ich meine, das Lyrische Ihres Namen ist möglicherweise für das Zielpublikum unserer Galerie etwas zu langweilig."

„Wie bitte? Soll ich ein Pseudonym annehmen? Fritz Krause oder Karl Meier? Sie spinnen doch!"

„Wir müssen verkaufsrelevant werben und arbeiten. Und von Luft und Liebe kann keiner leben!"

„Nee, das bestimmt nicht. Das weiß ich, Herr Almich!", antwortete Johannes.

„Und deshalb schlage ich Ihnen vor, aus Jo-han-nes Mei-er-hof-er", Stefan Almich sagte Namen und Vornamen bewusst sehr auseinander gezogen und auch langweilig, dass also aus Johannes Meierhofer ein Hans Meierhof wird."

Johannes sah den jungen Mann an. So, als hätte der ihm soeben erklärt, es gäbe unzählige Johannes Meierhofer.

„Und nun soll ich Hans Meierhof heißen?"

„Sie sind weiterhin Johannes Meierhofer, aber für unser Publikum, und denken Sie daran, wir wollen hier in dieser Galerie Ihre Bilder verkaufen, von dem Erlös müssen Sie eine Weile Ihr Leben finanzieren, heißen Sie ab heute Hans Meierhof!"

„Kann ich jetzt gehen?"

„Gern, Herr Meierhofer. Nehmen Sie den Vertrag. Lesen Sie in aller Ruhe, was da aufgeschrieben steht und denken Sie über Hans Meierhof nach!"

Der junge Mann begleitete Johannes zur Tür und sagte, als sein Besucher bereits auf der Straße stand:
„Übrigens, ich soll Ihnen von meinem Vater beste Grüße bestellen! Er würde Sie gern in meiner Galerie begrüßen dürfen."
„Danke! Grüßen Sie Ihren Vater von mir!"

Johannes verließ die Galerie und ging in der Stadt spazieren und dachte über die ihm soeben vorgeschlagene Änderung seines Namens nach. Das Gespräch mit Stefan Almich hatte ihm sehr deutlich aufgezeigt, dass es nicht mehr genügte, dem Publikum Bilder, auch seine Bilder, zu zeigen. Im Gegenteil, die Arbeiten müssen nunmehr präsentiert werden.
„Und", so sagte Johannes zu sich, „vielleicht gehört zu dieser verkaufsrelevanten Werbung und Arbeit, wie Stefan Almich es nannte, ebenfalls die Änderung meines Namens."

Johannes ging in ein Straßencafé und bestellt eine Tasse Kakao. Seit den Tagen seiner Kindheit hatte er Kakao nicht mehr getrunken.

Während er darauf wartete, dass ihm das heiße, süße und duftende Getränk gebracht wurde, erinnerte er sich wieder an das Gespräch mit Stefan Almich in der Galerie.

Er ahnte aber auch, die neue Zeit, grenzenlos sollte sie sein, das wurde jedenfalls von sehr und auch weniger bedeutenden Menschen täglich erklärt, könnte für ihn interessant werden.

Keine Partei oder Organisation würde jemals wieder Aufträge erteilen, vielleicht bis auf wenige Ausnahmen.

Allein schon deshalb nicht, weil diese Vereinigungen, während sich der Staat auflöste und „wiedervereinigt" wurde, ebenfalls von der politischen und gesellschaftlichen Szene verabschiedet wurden.

Oder es selber taten.

Johannes lehnte es ab, sich in dem Strom der beginnenden ostalgischen Sentimentalität mitspülen zu lassen.

Ebenfalls spürte er wiederholt, auch seine Bilder und Grafiken hatten nun am freien Markt zu bestehen.

Jedoch, um diese Regularien zu verstehen, benötigte Johannes noch Zeit.

Er wusste, mit seiner sehr qualifizierten Ausbildung würde er immer Bilder malen können, die auch hohen handwerklichen und künstlerischen Anforderungen genügten.

Darum war ihm die Einladung zur Ausstellung seiner Arbeiten in der Almich'schen Galerie ein willkommener Anlass, um das zu überprüfen.

Und er war sich nicht sicher, ob Professor Almich, sein ehemaliger Lehrer an der Akademie, ihm vielleicht die Tür in diese Galerie geöffnet hatte.

Das war für ihn in diesem Moment nicht wichtig. Mit seinen Bildern sollte eine Ausstellung in dieser Stadt erfolgen.

Das war für ihn jetzt wichtig. Sehr wichtig.

Dann, als Johannes bezahlt hatte und wieder auf der Straße stand, sagte er leise:

„Dann werde ich ab sofort, verkaufsrelevant und werbewirksam, der Maler Hans Meierhof sein!"

Den Vertrag mit der Galerie prüfte ein befreundeter Anwalt. Johannes wollte nicht gleich bei seinem ersten öffentlichen Auftreten im wiedervereinigten Land betrogen werden.

„Wenn du einverstanden bist, gebe ich dir für deine Bemühungen gern eine Grafik. Du weißt, Geld ist knapp bei mir und…"

„Ja, ja, ich weiß. Künstler entschulden sich gern mit Bildern. Das ist so in Ordnung", erwiderte der Anwalt.

Johannes schickte den Vertrag an die Galerie und schrieb in einem Brief an Stefan Almich, dass *„...nun gut und in drei Teufels Namen, ich ab sofort Hans Meierhof bin. Jedenfalls für das offizielle Publikum. Obwohl ich mich dabei nicht wohl fühle. Denn ich bin ich und kein anderer..."*

*

So wie versprochen, wurde die Ausstellung von Stefan Almich sehr gut gestaltet.

Johannes war mit der Präsentation seiner Bilder sehrzufrieden und konnte begeistert feststellen, dass es gelungen war, in dieser Ausstellung und mit seinen Bildern eine Geschichte zu erzählen. Die Geschichte eines Malers, der die Vergänglichkeit der Natur und die Verantwortung des Menschen gegenüber der Umwelt zu erklären versucht.

„Ich habe immer gewusst, Sie werden ein guter, ein sehr guter Maler! Einer, der sich bemüht, in seinen Bildern Geschichten zu erzählen.", Professor Klaus Almich trat aus einer Gruppe Besucher, die zur Eröffnung der Ausstellung gekommen waren und stellte sich Johannes gegenüber.

Dann sprach er zu dem Publikum und berichtete davon, wie er dem Kunststudenten Johannes Meierhofer, heute der Maler Hans Meierhof, den Weg zeigte, um nicht sehr früh an scharfen bürokratischen und parteipolitischen Klippen zu zerschellen.

„Diese Thematik, der Hans Meierhof heute seine Bilder widmet", erklärte Professor Almich weiterhin, „war in dem Land, aus dem wir kommen, damals als er an der Akademie studierte, mit einem, was sage ich, mit mehreren Tabus belegt. Die gesellschaftlichen Verhältnisse und das uneingeschränkte Machtmonopol einiger Weniger erlaubten keinerlei Diskussionen, weder verbal noch anderweitig, also auch nicht bildkünstlerisch, über den Umgang des Menschen mit der Natur. Es war, um es sehr trivial zu sagen, alles das richtig und gut, was die Damen und Herren in politischen Gremien beschlossen!", Professor Almich blickte zum Publikum, bevor er weiter sprach:

„Ein guter Freund bezeichnete dieses Gebaren irgendwann einmal als ‚…Wahrheit gewordenen Ausschließlichkeitsanspruch…"
Professor Almich ließ seine Worte während einer sehr kurzen Pause im Raum verhallen. Dann sprach er weiter:

„Während der Zeit, als ich an der Akademie

arbeitete, konnte ich diejenigen meiner Kollegen und Studenten sehr gut verstehen, die sich bemühten, abseits vom vorgeschriebenen Kunst- und Kulturverständnis, eigene Wege zu gehen. Zu diesen Menschen zähle ich auch den Maler, dessen Werke wir heute in dieser Galerie betrachten dürfen. Und ich darf Sie auffordern, nicht nur zu betrachten, sondern auch zu erwerben. Abschließend, was soll ich weiter über den Maler Hans Meierhof erzählen, seine Bilder sprechen für ihn, erinnere ich Sie daran, dass Heinrich Heine der Auffassung war, der Umgang mit bildender Kunst wirke bildend und die bildende Kunst könne auf das Leben zurück wirken."

Professor Almich sah nach einer erneuten kurzen Pause Johannes an, als er sagte:
„Ich wünsche Ihnen, Johannes, allen nur erdenklichen Erfolg!"

Johannes bedankte sich bei Professor Almich und seinem Sohn dafür, dass ihm diese Ausstellung ermöglicht wurde. Etwas später, von den meisten Besuchern unbemerkt, sagte eine junge Frau zu Johannes:
„Es ist gut, dass es diese Ausstellung deiner Bilder gibt. Ich meine, du bist jetzt angekommen!"

Neben der Frau stand ein Mädchen, es war etwa zwölf oder dreizehn Jahre alt und sah Johannes sehr fest an.

Johannes war gedanklich in dem Moment, als er von der jungen Frau angesprochen wurde, noch sehr mit dem, was Professor Almich vor wenigen Minuten gesagt hatte, beschäftigt.

So dachte er zunächst, eine der vielen Besucherinnen wollte mit ihm sprechen. Doch dann erkannte er die Stimme, diese helle und klare Stimme. Er wendete sich zu der jungen Frau und sagte nur dieses eine Wort:

„Anna!"

„Ja, und das ist Hilke!"

„Ich habe dich und deine Tochter nicht erwartet!"

„Vor einigen Tagen sah ich die Plakate und dachte…"

„Das war ein guter Gedanke, hierher zu kommen", sagte Johannes.

„Ich hatte immer gute Ideen, Johannes!"

Johannes wollte Anna noch einmal treffen, aber unter anderen Umständen.

In dem Moment, als er Anna um eine erneute Begegnung bitten wollte, drängte sich ein Besucher unaufgefordert zwischen ihn und Anna und unterbrach dieses Gespräch:

„Herr Meierhof", sagte der dickleibige schwitzende Mann, „Herr Meierhof! Ihre Bilder sind sehr gut! Schade, meine Frau kann heute nicht hier und anwesend sein. Die Migräne, Sie verstehen... Sagen Sie mir, bitte, ob Sie wohl dieses Bild dort", der dicke schwitzende Mann deutete mit seinem kleinen und fleischigen Mittelfinger auf ein Ölbild, „ob Sie dieses Bild für meine Frau und mich reservieren könnten? Ich will es, bevor ich das Bild vielleicht kaufe, meiner Frau zeigen!"

„Könnten Sie das, bitte, mit Herrn Almich besprechen? Kaufmännische Angelegenheiten sind ausschließlich Sache des Inhabers der Galerie zuständig."

„Ja, selbstverständlich."

Dieses Gespräch dauerte nur wenige Momente und dann ging Johannes zu dem Platz in der Galerie, an dem der dicke Mann sich zwischen ihn, Anna und Hilke gedrängt hatte.

Er sah nun, wie Anna mit ihrer Tochter die Galerie verließ und in ein Taxi stieg.

Professor Almich, der die Szene beobachtet hatte, sagte zu Johannes:

„Der Dicke erzählt bei jeder Ausstellungseröffnung von seiner gerade an diesem Abend bedauerlicherweise unpässlichen Frau. Hätte der alle Bilder gekauft, die mein

Sohn ihm schon reserviert hat... Na, sein Problem! Ich bin doch, hoffentlich, nicht zu unhöflich, wenn ich Sie frage, ob Ihnen die junge Frau, mit der sie eben gesprochen haben, bekannt ist?"

„Nein, es ist nicht unhöflich zu fragen, Herr Professor. Und um Ihre Frage zu beantworten: Ich kenne sie."

Johannes sagte das so bestimmt, um Professor Almich so verstehen zu geben, er möchte darüber nicht weiter sprechen. Zumindest nicht hier und nicht jetzt.

Die Ausstellung der Bilder verhalf dem Maler Hans Meierhof, wie sich Johannes Meierhofer nun nannte, zu Anerkennung.

*

Der finanzielle Erfolg übertraf sowohl Johannes' als auch die Erwartungen von Stefan Almich. Noch vor dem Ende der Exposition wurde eine bedeutende Summe dem Konto des Malers gutgeschrieben, *„...sozusagen die Zwischenabrechnung...",* wie Stefan Almich in einem Brief an Johannes schrieb.

7

War es spät in der Nacht oder am frühen Morgen? Der Maler Hans Meierhof saß noch auf der Terrasse seines alten, mit Reet gedeckten Hauses, dessen Fenster und Türen mit blauer Farbe gestrichen waren und in der Sonne leuchteten.

Dann spürte er, wie feuchte Kälte von den Wiesen kam, ihn erreichte und frösteln ließ. Hans Meierhof war müde, er ging in das Haus, dort in sein Bett und nahm die Erinnerung an das, worüber er heute nachgedacht hatte, mit in seinen Schlaf.

Die Erinnerung war ein Teil von ihm geworden. Er hatte irgendwann gelesen, die einzige Bank, bei der man seine Ersparnisse aufbewahren sollte, ist die Erinnerung. Denn diese Bank geht niemals pleite.

Hans Meierhof war es vergönnt, wir wissen es, Bilder zu malen, Grafiken zu drucken und manchmal, im Winter, Geschichten zu schreiben. Das Tägliche seines Lebens hatte er diesen Aufgaben untergeordnet.

Den Tag, an dem Hilke ihren Vater Johannes Meierhofer am späten Nachmittag besuchte, begann er mit einem lange währenden Bad. Etwa eine halbe Stunde lag er im heißen Wasser. Und ließ davon immer wieder in das Badegefäß. Dann seifte er sich ein und spülte, zuerst mit heißem, dann mit sehr kaltem Wasser, den Schaum von seinem Körper.

Als Hans Meierhof frühstückte, bereiteten sich andere Menschen in dem Dorf, in dem er wohnte, auf die Einnahme des Mittagessen vor.

*

Vor einigen Jahren, er hatte damals erst einige Wochen im alten Haus hinter dem Deich gelebt, war er an einem Sonntagvormittag mit dem alten Damenfahrrad zur Dorfgaststätte gefahren.

Warum er das getan hatte, war ihm nicht mehr bekannt. Als er den Gastraum betrat, besprachen etwa ein halbes Dutzend Männer unterschiedlichen Alters das aktuelle Dorfgeschehen so intensiv, dass sie sein Eintreten und seinen Gruß nicht bemerkten.

Dann plötzlich, vielleicht einem geheimen Kommando folgend, standen die Männer auf, legten vorher abgezähltes Geld auf den Tresen und verließen sehr eilig die Gastwirtschaft.

Hans Meierhof fragte den Wirt nach dem Grund für den spontanen und kollektiven Aufbruch seiner Gäste.

„Wenn die um zwölf nicht am Mittagstisch sitzen, bekommen sie Ärger", war die einfache Erklärung. Seitdem wusste Hans Meierhof, um zwölf Uhr steht im Dorf das Mittagessen auf dem Tisch.

Was ebenfalls bedeutete, dass, nach anschließender Ruhe, Mittagsstunde genannt, eingeschlossen, das dörfliche Leben ab etwa drei Uhr am Nachmittag wieder erwachte. Die Haustüren blieben solange verschlossen.

*

Hans Meierhof ging wie gewohnt in sein Atelier.

Das war der Raum im Haus, in dem er sich sehr gern aufhielt. Er wusste aber auch, es würde ihm heute nicht gelingen, an einem Bild oder an einer Grafik zu arbeiten. So wollte er die Zeit bis zu dem angekündigten Besuch am späten Nachmittag aber dazu nutzen, um einige notwendige Arbeiten zu erledigen.

Hans Meierhof bevorzugte es, die Leinwände für seine Bilder selbst auf Keilrahmen aufzuziehen und dann zu grundieren.

„Wenn ein Maler diese vorbereitenden Arbeiten, bevor er beginnt, ein Bild zu malen, selbst ausführt, wird zu dem Bild eine intensivere emotionale Bindung aufgebaut", begründete er diese Arbeiten.

Und fügte demjenigen gegenüber, es war ein Besucher seines Ateliers, hinzu:

„Wir Maler sind zunächst einmal Handwerker. Allerdings, und das bedenken Sie, bitte, Handwerker mit dem geschulten Verständnis für das Künstlerische. Und das unterscheidet uns von einem Anstreicher. Das ist keinesfalls abwertend zu verstehen. Ich achte jedwede handwerkliche Tätigkeit!"

Im ersten Semester an der Akademie hatte er bei Klaus Almich, damals noch nicht zum Professor berufen, die handwerklichen Grundlagen der Malerei erlernt.

Almich, ein Verehrer des großen Otto Dix, hatte nicht nur das Handwerk der Malerei vermittelt, sondern auch deren Poesie erklärt („Meierhofer, bemühen Sie sich darum, mit jedem Bild, das Sie malen, eine Geschichte zu erzählen!").

Hans Meierhof erinnerte sich nach vielen Jahren noch sehr genau daran, Klaus Almich erklärte immer wieder, zwischen der Farbe und der Leinwand muss eine Hochzeit stattfinden.

Und die Grundierung verkuppelt Farbe und Leinwand miteinander.

„Und denken Sie daran", erklärte Almich weiter, „wird das missachtet, hält die Ehe zwischen Farbe und Leinwand nur solange, wie ein Frühlingsmorgen andauert. Nämlich, bis die Sonne den Tau von den Blättern geleckt hat."

An die Wand seines Atelier hatte der Maler Hans Meierhof einen Zettel geklebt, auf dem der Maler und Lehrer Klaus Almich einige seiner Grundsätze zum Handwerklichen der Malerei aufgeschrieben hatte:

„Viele Maler haben einen Teil der Handwerklichkeit erst aufgegeben und dann abgegeben. An die Lieferanten bereits mit Leinwand bespannter und grundierter Keilrahmen, beispielsweise.

An eine Vorfertigungsindustrie werden heute die vielfach entscheidenden Phasen der Bildfindung übertragen. Die Leistungen dieser Industrie sollen nicht geschmälert werden, da werden dem Maler gute Materialien zur Verfügung gestellt, ohne jeden Zweifel.

Die Herstellung eigener Malgründe und deren anschließender Grundierung fördert beim Maler jedoch die Vertrautheit mit diesen Materialien, es wird eine Beziehung aufgebaut und Handwerklichkeit erarbeitet.

Die Arbeit an einem Bild beginnt mit der Meditation vor den Materialien, den Keilrahmen, der Leinwand, den Farben und den Pinseln und allen weiteren Utensilien.

Alles wird be- und überflügelt von dem schon fertigen Bild, das bereits im Kopf des Malers ein Zuhause hat.

Das Zusammenfügen der Keilrahmen, das Spannen der Leinwand, die Arbeit des Grundierens, all' das erlebt das Bild im Kopf des Malers, während es noch dort wohnt, warm und wohlig.

Wie ein Ungeborenes in der Gebärmutter seiner Mama.

Die Auswahl der für das Bild bestimmten Leinwand, deren Feinheit oder Grobheit, das Auftragen der Grundierung (Ölgrund oder Halbkreidegrund oder Kreidegrund?) bestimmt den Duktus des Farbauftrages.

Bestimmt, wie das Krakelee erscheinen wird, das Netz zufälliger oder beabsichtigter Risse im Farbauftrag, die durch Oberflächenspannungen beim Trocknen der Farbe entstehen.

Die Auswahl der Leisten für den Keilrahmen, deren Größen und Länge bestimmt das Format des Bildes.

Nicht jedes Format ist für jedes Bildmotiv geeignet. Da gilt es nun bei Otto Dix nachzulesen. In den großartigen und einfach erklärten Bemerkungen über das Handwerkliche in der Malerei: „Washington School of Art", Lektion 19. 1958."

Hans Meierhof bespannte alle die Keilrahmen mit Leinwand, welche er für seine Arbeit in den nächsten Wochen benötigte.

Dann bestrich er mit einer Halbkreidegrundierung zunächst in horizontaler Richtung, das gespannte Leinen.

Während dieser erste Anstrich trocknete, stand Hans Meierhof vor der geöffneten Fenstertür seines Ateliers und sah über die Wiesen, die ein Deich begrenzte. Dahinter war nahezu unendliche Wattlandschaft und dann das Meer, bis nach England nur Meer.

Bei Flut war das Watt der Meeresgrund und das Meer kam manchmal bis zum Fuß des Deiches. Zweimal oder dreimal hatte Hans Meierhof, als das Meer, vom Sturm aufgepeitscht, gegen den Deich tobte, beobachtet, weiße Gischt schoss über die Deichkrone und wurde über die Wiesen getrieben. Heute war ein ruhiger Tag und das Meer würde bei Flut kaum den Fuß des Deiches erreichen.

*

Hans Meierhof wusste, mit der Ausstellung in der Galerie von Stefan Almich, damals im Sommer 1990, begann für ihn eine Wende.

Er erinnerte sich daran warum er, Mitte der Neunziger Jahre, sein Atelierhaus auf Rügen verließ.

Damals musste er erfahren, ehemalige, im staatlichen Kunstbetrieb arbeitende Funktionäre machten sich die Segnungen der Marktwirtschaft zu eigen.

Manche gründeten Galerien, andere waren als Vertreter im Auftrag von Kunstverlagen emsig damit beschäftigt, dem nunmehr wiedervereinigten Land zu neuem Kunstverständnis zu verhelfen.

Diesen Menschen, die ihm während seiner Studienzeit und danach, als Mitglied im Verband Bildender Künstler, die Vorzüge sozialistisch – realistischer Künste gepriesen haben, wollte er nicht mehr begegnen.

Hans Meierhof war bereit, jedem, der sich um die Publikation seiner Arbeiten bemühte, das entsprechende Salär zukommen zu lassen. Wendehälse wollte er jedoch, und das auf keinen Fall, ernähren.

Er wollte und konnte die sich neu etablierten Seilschaften nicht länger ertragen.

Die Ausstellung in der Almich'schen Galerie hatte den Grundstein für seine finanzielle Unabhängigkeit gelegt. Das wurde durch weitere erfolgreiche Expositionen in den folgenden Jahren manifestiert.

Zufällig traf er einen seiner ehemaligen Kommilitonen aus Akademiezeiten.

Der hatte das ehemals eingemauerte Land verlassen, bevor die Mauern abgerissen wurden. Seitdem lebte er im „Land zwischen den Meeren" und vermittelte für Hans Meierhof den Kauf des Hauses hinterm Deich.

Das Atelierhaus auf Rügen verpachtete Hans Meierhof an ein Kinderheim. Er ließ es sich vertraglich zusichern, egal wie oft und wie lange, immer dann, wenn er die Insel besuchte, in dem Bungalow zu wohnen, den ihm Frau Gau geschenkt hatte und der nun Mittelpunkt des Anwesens auf Rügen war.

*

Seit dem Frühjahr 1997 lebte und arbeitete Hans Meierhof nun in dem alten, mit Reet gedeckten Haus, dessen Fenster und Türen mit blauer Farbe gestrichen waren und das hinter dem Deich stand.

Bevor er die zweite Schicht der Grundierung, nunmehr vertikal aufzutragen, auf die

Leinwände strich, legte er die CD mit dem Mozart'schen Hornkonzert in das Abspielgerät.

„Was wollen Sie denn hier?", Hans Meierhof hatte bemerkt, dass er beobachtet wurde. Er legte den Pinsel zur Seite und ging zur Terrassentür.

„Als auf mein Klopfen an der Haustür nicht geöffnet wurde, ich aber Musik hörte, bin ich ums Haus gegangen..."

„Das ist schon gut so. Und wie kann ich Ihnen behilflich sein?", fragte Hans Meierhof.

„Ich habe nachfragen lassen, gestern als ich in der Galerie die Bilder gesehen habe, ob ich hierher kommen darf."

„Und dann wurden, wie soll ich es sagen...äh, ich meine... will sagen...", Hans Meierhof machte eine kurze Pause, bevor er den Satz beendete, „... also, mir wurden Grüße von Anna übermittelt."

„Ja, Anna K. ist meine Mutter und ich bin Hilke, die Tochter von Anna! Und Sie sind derjenige Mann, mit dem meine Mutter damals, auf Rügen...!"
Hans Meierhof blickte die junge Frau an, dann sagte er:

„Und da sind Sie sich völlig sicher? Woher nehmen Sie und Ihre Mutter diese Gewissheit?"

„Ja, darüber, dass Sie der sind, mit dem meine

Mutter auf Rügen... darüber bin ich mir absolut sicher. Meine Mutter, Anna K., hat mir vor einiger Zeit von Ihnen berichtet."

Hilke hatte ihren Rucksack an den Türrahmen gestellt. Dann sagte sie:

„Sie waren damals mit meiner Mutter auf Rügen! Oder, um es zutreffender zu formulieren, der Mann, der mich mit meiner Mutter... " Hilke unterbrach den Satz.
Hans Meierhof war einige Schritte zur Tür gegangen. Er sah Hilke an und erwiderte:

„Wenn das so sein sollte, und Näheres werde ich bestimmt erfahren, wollen wir als erstes unsere Unterhaltung weniger förmlich weiterführen. Mein Name ist Johannes. Willkommen in meinem Haus!"

„Ich heiße Hilke. Und, um eine formale Sache noch gleich am Anfang zu besprechen, dass du, das darf ich jetzt wohl sagen, mein leiblicher Vater bist, ist nur noch drei Menschen bekannt. Meiner Mutter, mir und nun, ab jetzt, dir. Und das soll auch so bleiben. Meine Mutter wünscht das so. Und das ist zu akzeptieren, unbedingt."

„Nun, ich werde an diesem Status nichts ändern. Es soll aber auch keineswegs bedeuten, ich möchte mich aus irgendwelchen Verantwortungen stehlen."

„Du hast keinerlei materielle Verpflichtungen meiner Mutter und mir gegenüber. Auf die ideellen möchte ich aber, nachdem ich dich gefunden habe, nicht mehr verzichten!"

„Warum auch? Übrigens, du sagtest vorhin, nun wissen nur noch drei Menschen um uns. Wem war, vielleicht irgendwann einmal bekannt, dass du die Tochter von Anna und mir bist?" Hans Meierhof hatte in der Zwischenzeit Hilke in sein Atelier gebeten:

„Setz dich bitte und sage mir deine Antwort. Ich muss noch eine Leinwand grundieren."

„Wie bereits gesagt, …ich meine… meine Mutter meinte…"

„Was meinte Anna?" Hans Meierhof sah von seiner Arbeit auf und Hilke an.

„Meine Mutter hat mir vor einigen Jahren erklärt, dass der Mann, den sie mir immer als meinen Vater, besser gesagt, Erzeuger, ausgab und der mich mit großgezogen hat, nicht mein Vater, ich meine, mein Erzeuger ist. Weil er zeugungsunfähig war. Das hat sich aber erst nach umfangreichen Untersuchungen, da muss ich zehn oder elf Jahre alt gewesen sein, herausgestellt. Und dann hat mir meine Mutter, also Anna, versichert, dass sie zum Zeitpunkt meiner Entstehung nur mit zwei Männern zusammen war, mit dir, als meinem Erzeuger, und mit meinem Vater."

„Es ist gut, dass du den Mann, der dich dein bisheriges Leben begleitet hat, deinen Vater nennst. Das ehrt dich!" Hans Meierhof hatte die zweite Grundierung der letzten Leinwand fertig gestellt und reinigte das Werkzeug, als er fragte:

„Übrigens, wie war es dir möglich, mich zu finden?"

„In der Wohnung meiner Mutter befinden sich einige Aquarelle, die du irgendwann für sie gemalt hast. Als ich gestern zufällig in die Galerie in der Stadt kam, wusste ich sofort, die Bilder, die meiner Mutter gehören und die Bilder in der Galerie, sind von dir gemalt worden."

„Woran hast du das erkannt? Ich habe meinen Malstil seit Jahren nicht grundsätzlich verändert, jedenfalls nicht vorsätzlich. Aber so, wie sich die Handschrift eines Menschen während des Lebens ändert, ist auch die Malweise Veränderungen unterworfen."

„Das Grundsätzliche und das Handwerkliche ändern sich. Aber ich meine, nur unwesentlich. Und weiterhin unterschreibst du immer noch jedes deiner Aquarelle mit einem Bleistift auf der Farbfläche. Entweder unten links oder unten rechts."

„Stimmt. Und woher hast du diese Kenntnisse?"

„Ich studiere Kunstgeschichte und Theaterwissenschaft. Im Herbst werde ich damit beginnen, meine Abschlussarbeit zu schreiben."

„Und dann? Ich meine, wo möchtest du dann

arbeiten?"

„Das weiß ich noch nicht. Gerne würde ich in einem Verlag arbeiten. Oder in einer Hörfunkredaktion. Mal sehen."

„Aha."

Hans Meierhof und Hilke sahen sich sehr lange an. Nach einigen Minuten, während Hans Meierhof und Hilke sich, einige Schritte voneinander entfernt, gegenüber standen, und diese ersten Gedanken gegenseitig erklärten, sagte Hans Meierhof:

„Wir stehen hier, so als wolltest du sogleich wieder gehen. Komm, wir setzen uns auf die Terrasse, da ist es jetzt bereits schattig."

„Ja, gerne."

Hans Meierhof wies Hilke mit einer Handbewegung den Weg in den Garten. Als die junge Frau vor ihm lief, bemerkte er, sie hatte die gleiche schlanke Figur, die er von Anna kannte. Und den selben aufrechten Gang. Er rückte seiner Tochter den Stuhl zurecht und fragte:

„Darf ich dir etwas anbieten? Tee oder Kaffee oder Saft oder vielleicht…", Hans Meierhof blickte zur Sonne, so als könnte er dort die Uhrzeit erfahren, „…oder vielleicht ein Glas Wein?"

„Gut, wenn du einen leichten Weißwein und

ein Glas Wasser für mich hättest?"

„Ja! Gern, Hilke!"

Hans Meierhof ging ins Haus und kam mit jeweils einer Flasche portugiesischem Vinho Verde und Mineralwasser sowie Gläsern auf die Terrasse zurück. Er öffnete die Flaschen und goss, zuerst für seine Tochter, Wein und Mineralwasser, und dann für sich ein.

„Ich habe nicht daran geglaubt, dass wir uns jemals wieder sehen werden, Hilke!"

„Haben wir uns denn schon einmal gesehen?"

„Ja, als ich im Jahre 1990 die Ausstellung hatte. Damals, waren deine Mutter und du zur Eröffnung."

„Daran kann ich mich nicht erinnern."

„Aber ich weiß es noch sehr genau. Deine Mutter ist mit dir nur wenige Minuten in der Ausstellung gewesen. Wir haben auch einige Worte miteinander gesprochen."

„Wann war diese Ausstellung?", fragte Hilke.

„Im September oder Oktober 1990."

„Dann war das ja nur wenige Wochen, nachdem…" Hilke stand auf und lief in den Garten.

Nach einigen Minuten kam sie zurück an den Tisch und Hans Meierhof bemerkte, dass sie geweint hatte. Vorsichtig fragte er:

„Hilke, was war damals, wenige Wochen vor

der Ausstellung?"

Die junge Frau sah Hans Meierhof fest an, als sie antwortete:

„Du hattest es vorhin, als wir in deinem Atelier standen, sehr richtig gesagt, du bist mein Erzeuger und der Mann, der mich groß gezogen hat, ist mein Vater. Ich hatte zu ihm eine sehr emotionale Beziehung. Er ist wenige Wochen, bevor du diese Ausstellung hattest, verunglückt. Oder, um es sehr deutlich zu sagen, meine Mutter, also Anna, und ich sind davon überzeugt, heute noch, dass er umgebracht worden ist."

Hans Meierhof stand auf und ging an den Rand der Terrasse. Dann drehte er sich um und sagte:

„Das habe ich nicht gewusst, weder damals noch heute. Es ist für mich nun auch verständlich, warum deine Mutter mit dir damals so schnell aus der Galerie gegangen ist. Was war mit deinem Vater?"

„Meine Mutter hat mit mir erst viele Jahre später über das gesprochen, was mit meinem Vater geschehen ist. Nämlich…"

Hilke stand auf und stellte sich neben Hans Meierhof, als sie sagte und beide in den Garten blickten:

„Mein Vater wurde im Juni 1990 tot aus einem See geborgen. Bei der Obduktion wurde festgestellt, in seiner Lunge hatte sich Wasser befunden. Also ist er ertrunken, hat noch geatmet, als er ins Wasser gelangte. Man hat keine weiteren Spuren irgendwelcher Gewalteinwirkungen feststellen können."

„Und ist der Tod deines Vaters aufgeklärt worden?"

„Nein! Wir, meine Mutter und ich, haben später erfahren, mein Vater war vor der Öffnung der Grenzen an irgendwelchen Kunst- und Antiquitätengeschäften, die im Dunstkreis des damaligen Geheimdienstes abgewickelt wurden, beteiligt. Offiziell war er als wissenschaftlicher Mitarbeiter in einem Museum beschäftigt…"

„Und ihr vermutet, es sind irgendwelche Leute, mit denen er früher Geschäfte machte und die ihm, damals nach der Wende, nicht mehr wohlgesonnen waren, mit seinem Tod in Verbindung zu bringen…"

„Das vermuten wir nicht nur! Meine Mutter und ich sind davon überzeugt…"

Hans Meierhof und Hilke blickten schweigend sehr lange in den Garten. Dann begann Hilke, weiter zu sprechen:

„Meine Mutter hat mir ebenso auch erst vor einigen Jahren, nachdem mein Vater verunglückt war, von dir berichtet. Das war zu der Zeit, als ich, nach dem Abitur, zufällig in dem Museum, in dem mein Vater gearbeitet hatte, ein Praktikum machte. Ich habe den Familiennamen meines Vaters nie angenommen, sondern mein Zuname war immer der Mädchenname meiner Mutter. So konnte ich auch dort arbeiten, ohne dass jemand wusste, dass ich die Tochter desjenigen bin…"

„Ist schon gut, Hilke! Du musst nichts weiter erklären und entschuldigen musst du dich erst recht für überhaupt nichts. Ich glaube das gesellschaftliche System des Landes, in dem deine Mutter und ich aufgewachsen sind, einigermaßen zu kennen."

„Meine Mutter, Anna, weiß nicht, dass ich bei dir bin. Und ich möchte, dass sie erst davon erfährt, wenn du und ich das wollen!"

„Das kann ich dir versprechen, Hilke!"

„Danke! Ich möchte jetzt gehen, denn ich habe mich noch mit einigen Freunden verabredet. Wir wollen den Abend am Strand verbringen."

Hans Meierhof reagierte nicht sofort auf das,

was Hilke gesagt hatte. Nach einigen Minuten, während er stumm in den Garten blickte, wendete er sich zu ihr und sagte:

„Ja, ja, selbstverständlich."

„Hier", Hilke reichte ihm einen Zettel, „Hier ist meine Adresse und auch meine Telefonnummer. Darf ich wiederkommen?"

„Darum bitte ich dich!"

Hilke ging zu der Tür, an deren Rahmen sie ihren Rucksack abgelegt hatte. Hans Meierhof ging ihr nach. Wieder konnte er diesen stolzen und aufrechten Gang, den er von Anna kannte, beobachten.

„Wo ist Anna jetzt?", fragte er.

„Ich glaube, sie ist oft sehr einsam. Das bereitet mir Sorgen. Du weißt, sie hatte Goldschmied gelernt. Nach der Wende konnte sie eine Werkstatt übernehmen und fertigt sehr schönen Schmuck an."

„Wo wohnt und arbeitet sie jetzt?"

„In Ahrenshoop, auf dem Darß. Sie verarbeitet Bernstein mit Silber zu Schmuckstücken..."

Epilog

Es war Herbst geworden, als ich meinen Freund Johannes Meierhofer, den Maler Hans Meierhof besuchte. Wir saßen an einem Abend auf der Terrasse seines Hauses, als Johannes mir von Anna und Hilke erzählte.
Das, was ich in dieser Geschichte aufgeschrieben habe.

„So hast du die Bekanntschaft deiner Tochter gemacht?", fragte ich Johannes.

„Ja, genau so war es!"

„Aber, warum Anna dann den anderen Mann geheiratet hat, weißt du immer noch nicht. Bitte, ich möchte nicht in deinem Leben herumstochern. Es geht mich eigentlich auch nichts an. Aber, das meine ich, diese Geschichte gehört zu deinem Leben!"

„Du musst dich für deine Frage nicht entschuldigen. Wenn ich etwas für mich behalten möchte, dann sage ich das auch ohne Wenn und Aber. Doch, um deine Frage zu beantworten: Ich weiß nicht, warum sie den anderen Mann geheiratet hat."

Nach einigen Minuten begann Johannes weiter zu sprechen:

„Ich bin heute allerdings der Meinung, Anna wurde bedrängt. Das gesellschaftliche System in dem damals eingemauerten Land war dazu bestens geeignet. Ich vermute und bitte beachte, es ist eine Vermutung, Anna wurde der Zugang zur Akademie ermöglicht, weil sie sich, de facto im Gegenzug, so wie bei einem Schachspiel, bereit erklärte, den Mann zu heiraten, der dann nach der Wende ums Leben kam. Sie war Teil eines sehr berechneten Spiels. Als, nennen wir's beim Namen, Teil eines halblegalen Kunst- und Antiquitätenhandels unter Aufsicht des damaligen Geheimdienstes, brauchte der Mann, den sie heiratete, eine Identität, Familie inbegriffen. Du erinnerst dich daran, Anna sagte mir, sie fühle sich belogen und betrogen…"

„Ja, daran erinnere ich mich, das hast du gesagt. Aber, mein Lieber, ist es möglich, du hast dich da, vielleicht, in eine Vorstellung hineingesteigert…?"
Johannes sah mich an, dann sagte er:

„Die Mangelwirtschaft in dem Land… Mangel an allem, angefangen bei Ersatzteilen für medizinische Geräte, an, so bitter, wie es klingen mag, an Lebensmitteln, an Pullovern, an Kohle für die Öfen, an allem, letztendlich auch an Studienplätzen, ließ die Menschen erpressbar werden. Ich behaupte keinesfalls, alle haben erpresst oder wurden genötigt. Im Gegenteil, es gab auch sehr, sehr viele anständige Menschen. Das ist nun einmal eine Tatsache, die nur der richtig versteht, der einige Jahre in diesem Land gelebt und dieses Leben erfahren und auch ertragen hat. Es ist aber gut, dass du mich so direkt gefragt hast. Und ich bin der Überzeugung, das, was ich von Anna vermute, ist wahr."

„Und warum bist du dieser Meinung", fragte ich.

„Ich war ein Teil dieses Geschehen. Und ich bin weiterhin der Meinung, es war bekannt, Anna und ich haben nicht nur Händchen haltend am städtischen Springbrunnen gesessen. Vielleicht war ja auch schon damals bekannt, dass der Mann, den Anna dann heiratete, keine Kinder in die Welt setzen konnte. So musste ein Kind gezeugt werden, denn in einer Familie leben, meistens jedenfalls, auch Kinder. Weißt du, diese Geheimdienst-Typen waren doch, letztendlich, mehr mit ihrem undurchsichtigen Verein verheiratet als mit ihrer Frau im Ehebett. Und mit ihrer Unterschrift, nunmehr als Mitarbeiter dieser Überwachungsorganisation tätig zu sein, haben sie doch Ehre und Moral wie an einem Kleiderhaken vor der Tür aufgehängt."

Ich wollte Johannes nicht weiter bedrängen, ihm ersparen, sich in einen Zustand der psychischen Erregung zu lancieren. So sagte ich zu ihm:

„Du hast einen gut sortierten Weinvorrat. Ich hole uns jetzt zwei Gläser und eine Flasche guten Roten. Du legst die Kissen auf die Stühle, es wird bald kühl im Garten, schließlich haben wir bereits Mitte September."

„Ja, das mach 'mal für uns!"

*

Dann saßen wir im Garten auf der Terrasse und tranken Rotwein. Johannes erzählte mir noch einiges über seine bereits gemalten Bilder und auch über die, welche er noch malen wollte. Später holte ich noch eine zweite Flasche Rotwein und als die Grillen zirpten, sagte Johannes:

„Ich glaube, dieser Sommer wird noch lange bei uns bleiben!"

Herstellung und Verlag:
BoD- Books on Demand, Norderstedt
ISBN: 978-3-7528-2264-9